継《まま》母《はは》の連れ子が元カノだった
Mamahaha
Tsurego
Moto
kano
6
あのとき言えなかった六つのこと

（水斗似合いすぎ……！
顔緩《ゆる》んじゃう……！）
「早く着替えたいんだが」
伊理戸水斗
Mizuto Irido
結女の元カレにして義兄弟。親友だからと、いさなには何かと甘い。
伊理戸結女
Yume Irido
美少女優等生として高校デビューに成功した、水斗の元カノにして義姉妹。
東頭いさな
Isana Higashira
基本ぼっちなラノベオタク少女。水斗にフラれたはずが、世間的には水斗の彼女認定されている強者。

川波小暮
Kogure Kawanami
水斗と結女の関係を見守る、自称"恋愛ROM専"。
「ど、どうでしょう、変じゃないですか……？」
「されるかもなー。どんなロリコンがいるかも分からん」
「文化祭だし、あたしナンパされちゃうかもな～」
南暁月
Akatsuki Minami
川波の幼《おさな》馴《な》染《じ》みにして元カノ。川波を恋愛アレルギーすれすれにからかうことがマイブーム。

「時間だ。座りたまえ」
鈴の転がるような少女の声なのに、それは凛としたたかに室内に響き渡り、立ちっぱなしだった生徒たちを、まるで軍隊のように素早く着席させた。いい子だ、とでも言うかのように、彼女は微笑む。
羽場文児
Jouji Haba
高校二年生の生徒会会計。どうやら鈴理に気に入られているようで……？
紅鈴理
Suzuri Kurenai
生徒会副会長にして文化祭実行委員長、高校二年生。学校始まって以来の天才少女。

継母の連れ子が元カノだった６

あのとき言えなかった六つのこと

紙城境介

角川スニーカー文庫

22496

目次 Contents

illustration: たかや Ki
design work: 伸童舎

「君は、すごい奴だよ」

——聞いて伊理戸《いりど》くん！　クラスにお友達ができたの！

こんなに醜い僕を、僕は知らない。

けれどこれは、確かに僕の中にある、僕の歴史だ。

——お昼休みに本を読んでる子がいてね、勇気を出してね、声をかけてね……！

うん、うん、と僕は肯《うなず》いていた。

微笑《ほほえ》みさえして、彼女の成長を祝っていた。

嘘《うそ》じゃない。

本当に、嘘じゃないんだ。

だって——君が、こんなにも嬉《うれ》しそうに、笑っているんだから。

なのに、どうしてだろう。

その次の日、君の教室の前を通りかかり、友達と楽しそうに話している君を見つけたとき、僕にはこんな思考が過《よ》ぎったんだ。

ああ――君も、そっちに行ったのか。

それからだ、彼女との間に壁ができたのは。

たった一人、こちら側にいたはずの彼女を、向こう側に追いやってしまったのは。

――ごめんね、伊理戸くん……！　今日は友達と約束があって……

わかっている。僕はきっと、口にするべきだったのだ。

醜い疎外感を受け入れて、だからこそ、彼女に告げるべきだったのだ。

――……いいよ、べつに

――えっ？

言葉の裏に棘《とげ》を隠したりせず。

さよならも言わずに背中を向けたりせず。

歯に衣《きぬ》着せずに。

まっすぐに相対して――

……理想を語るだけなら簡単だな。

叶《かな》わなかった理想の積み重ねが、現実なんじゃないか。

◆　伊理戸水斗《みずと》　◆

「えー……今日のホームルームでは、文化祭の実行委員を決めるー」

担任教師が眠そうに号令する。一年生の中でも成績優秀な生徒を集めたクラスを受け持っているにもかかわらず、この担任からはいつもあまり気力を感じない。まあ、僕みたいなのにとっては、無理に干渉されないのはありがたいことだ。おかげでこうして内職に励むこともできる。

「実行委員は主に、クラスの意見の取りまとめや、運営委員会の連絡を――」

説明を聞き流しながら、僕は数枚のルーズリーフに向かっていた。

今の僕にとって最も重要なのは、文化祭なんかじゃない。東頭《ひがしら》に見せる予定のこの短編小説だ。

これを一刻も早く完成させ、あいつに証明してやらなければならないのだ。僕が特別な人間だなんていうのは、ただの過大評価だと。

あまりに慣れないものだから、ここ何日かずっと苦戦していたんだが、今ようやく終わりが見えてきたところなのだ。逸《はや》る気持ちを叩《たた》きつけるように文字を書きつけていると、ホームルームは流れるように進行していった。

「はーい！　結女《ゆめ》ちゃんがいいと思いまーす！」

「えっ⁉　ちょっ、暁月《あかつき》さん……⁉」

「真面目だし、優しいし、適役でしょー！」

「いいねー！」「賛成！」

「ええええっ……？」

　うーん……ここは『いる』でいいのか？　それとも『いた』のほうがいいのか……？

「なら、伊理戸ともう一人――できれば男手が欲しいんだが」

「はいはいはい！」「俺！　俺やります！」

「うわ、下心見え見え」「それはないわ、男子ー」「さっきまで気配殺してたくせにさぁ」

　ここ、リズムが微妙だな……。何か四文字付け足したい……うーん……。

「伊理戸でいいんじゃね？」

「え？　弟のほう？」

「そうそう。伊理戸なら下心はねーだろ？　何せ家族なんだしよー」

「いいじゃん。それ名案！」「伊理戸くんかぁー」「確かに！　頭もいいしねー」「彼女もいるし、大丈夫そうじゃん？」

「じゃあ男のほうの伊理戸！　いいかー？」

「はい。……ん？」

　反射的に答えてから、僕はようやく顔を上げた。

そのときにはすでに、黒板に僕の名前が記されていた。

「んん？」

異議を挟む余地もなく、事態は進行する。

「結女ちゃん、実行委員就任おめでとー！」

「あ、ありが、とう……？　なんか押し付けられた感あるんだけど……。大丈夫かな……」

「伊理戸ちゃんの言うことならみんな聞くんちゃうん？」

「そーそー！　特に男子は顎で使えるっしょ。顎で！」

んんん⁇

「頑張れよ、伊理戸ー」「悔しいけど、伊理戸さんに変な虫がつくくらいなら……！」

んんんん？？？

「じゃあ次。出し物決めるぞー。伊理戸きょうだい！　前に出て進行よろしくー」

んんんんんー？？？？？

あれよあれよという間に教壇に立たされた。

結女と一緒に、三〇人超のクラスメイトの顔と相対する。

その中に、川波《かわなみ》小暮《こぐれ》の顔があった。

そいつはニヤニヤと笑いながら、なぜか親指を立てていた。

……あの男ぉ……！

「(……ねえ、どうする……？　どっちが喋《しゃべ》る？)」

結女がこそっとした声で話しかけてくる。そんなこと決まっている。

「(任せた)」

「(ええ⁉)」

僕は一歩引き、結女に議事進行を任せた。

僕は書記でもしておこう。きっとクラスの連中にとっても、そのほうが据わりがいいだろうし。

チョークを手に取る僕を、結女は一瞬だけ恨みがましい目で睨《にら》んで、

「えっ……えっ、と……では、その、出し物について、何か案があればー……」

「えー？　どうする？」「お化け屋敷とか定番だよねー」「うわ、準備めんどくさそうー」「つーか何するのが普通なん？」「他のクラスと被《かぶ》りたくねえよなあ」

「あっ……えと、そのうー……」

高校デビューに成功したとはいえ、急に声量が大きくなるわけではない。結女のか細い声は、めいめい好き勝手に喋くるクラスメイトたちにはまったく通らなかった。

前途多難だな、と思いながら、僕は黒板に『出し物候補』と書く。

「ねえ、みんな――」

南《みなみ》さんだろうか。結女の様子を見かねて声を上げかけた、その瞬間――

――ゴンゴン、と軽く、僕は黒板を叩いた。

　その音に、反射的な注目が集まる。狙い通り喧騒《けんそう》にも間隙が生まれ、僕は結女に目配せをした。

「あっ……案がある人は、手を挙げてください！」

　おかげでようやく結女の声が通り、音に集まった注目は、そのまま結女にスライドした。

　世話の焼ける優等生様だな、まったく。

　こっそりと嘆息する僕を見て、川波が小さく口笛を吹き、南さんが『や、やるじゃん……』という顔をしていた。そりゃどうも。


「はい！　コスプレ喫茶！」

　出し物の案を募り始めたと同時、南さんが素早く手を挙げて宣言した。

　川波が呆《あき》れた顔をして、

「お前さあー……それ、男子が言い出すやつなんじゃねーの、普通？」

「だって結女ちゃんのコスプレ見たいし！」

　見たーい！　と唱和するのは主に女子たちだ。男子が言うとセクハラになるからか、存外大人しい。

コスプレ喫茶ね……。王道っちゃ王道だが。

「え、ええーっと……い、いいのかな？」

早くも結女が目で助けを求めてきた。もうちょっと頑張れよ、と思いながら、僕は教壇の脇で見守っている担任に話しかける。

「先生。去年までの文化祭の出店実績に関する資料はありますか？」

「ああ、あるぞ」

待ち構えていたように、担任は脇に抱えていたファイルから数枚の資料を取り出した。

準備していたなら先に渡してくれていたらいいのに——と思うが、この学校は元からそういうところがある。生徒が求めない限りは何も与えない、というか——生徒から自主的に行動することを促している感じだ。

僕は資料をぺらぺらめくって確認し、

「……コスプレ喫茶は、去年にも出店した実績がある。ＮＧってことはないと思う」

「それじゃあアリ？」

「アリだが、それだけに他のクラスと被る可能性がある。被った場合にどうなるかはわからないが……」

担任のほうに目を向けると、その重い口が開き、

「同じ出し物の枠数は決まっている。規定数を超える希望があった場合は、プレゼンで数

を絞る」

「プレゼンの評価基準はなんですか？」

「出し物を適切に運営できる準備が整っているかどうか。我が校の風紀に則しているかどうか。もちろん出し物としての魅力も評価対象になる。最終的には運営委員会——つまり、生徒会とＰＴＡの心証次第だ」

　まるでゲームのＮＰＣのように、必要な情報だけ話すと口を閉じる。

　ふむ、と僕は軽く考えて、

「ということは、コスが調達できるかどうかが最大の問題だろうな。そこの見通しが立っていなければプレゼンで負けることになるだろうし」

「ぷ、プレゼンかぁ……。それって、実行委員がやることになるのよね……？」

「プレゼンの発表者に規定はありますか、先生？」

「クラスの生徒に限る。特に実行委員でなければならないということはないな」

　即答だ。こういうことは素直に訊《き》くに限るな。

「なら、餅は餅屋だな。得意そうで、かつ発案者にやらせればいい」

「得意そうな、発案者……あ」

　僕は資料を閉じて、あとは結女に任せることにした。

　結女は改めて同級生たちに向き直り、

「えーっと……衣装が準備できそうなら可能です」

「よっしゃー！」

「ただ……暁月さん」

「うん？」

「もしプレゼンになったら、そのときは発表者をお願い。発案者として」

南さんはにやっと笑って、

「そんなことかぁ。いいよ？　……た・だ・し」

「？」

「そのときはモデルをお願いね、結女ちゃん？　プレゼンってなったら、サンプルが必要でしょ？」

「え……」

おーっ！　とクラスが色めき立つ。

結女がまた困った目を向けてきたが、今度は無視した。扇情的なコスは最初から弾《はじ》くし、特に問題はない。

「……わ、わかった。もしプレゼンになったらね？」

僕は黒板に『コスプレ喫茶』と書き、『※衣装が準備できそうな場合』と但し書きをした。控えめな結論ではあったが、結局それからも、コスプレ喫茶以上に好評な案は出なかった。

ホームルームが終わり、席に戻った結女に、南さんを始めとした友達が集まっていく。

「は～、緊張した～」

「カッコよかったよ～、結女ちゃん！」

「良かったで～。堂々としててなぁ」

「そうそう！　自信持て自信～！」

「ありがと、みんな……」

結女は嬉《うれ》しそうに微笑《ほほえ》んでいた。……現金なもんだよな。あんなに困ってたくせに、褒められたら嬉しくなる。思えば、新入生代表のときも堂々としたものだった。意外と合っているのかもしれない、ああいうことが。ただ僕が、勝手に思い込んでいただけで……。

「よう伊理戸、お疲れ！」

席に戻った僕に、川波が軽薄に話しかけてきた。

「伊理戸さんを上手《うま》くサポートしてたな。やっぱ要領はいいよなあ、人と関わりたがらないだけでよ。他の連中も感心してたぜ？」

「そうか」

「それだけかよ。少しは嬉しがれっつの」

「…………………」

「どうした？」

「……いや」

これっぽっちも嬉しいと思えない。

むしろ面倒事が増えるかもしれないと、うんざりしている自分さえいる。

それを改めて発見して、

「……僕はやっぱり、違うんだなって……そう思っただけだよ」

「はは！　なんだそりゃ。中二病になるには遅すぎるぜ？」

僕は川波に別れを告げ、教室を出た。

まだ図書室には行けない。

同じ家に帰るはずの結女も、当然、ついてはこなかった。

「で……できた……」

僕は達成感と共に呟《つぶや》いた。

机の上にはびっしりと文字が綴《つづ》られたルーズリーフ。ようやく完成したんだ、東頭に見せる予定の小説が。

出来栄えは……もちろん商業作品とは比べるべくもないが、素人の高校生が書いたにしては、マシなんじゃないだろうか。うん。最初は思いっきり凡作を書いてやるつもりだったんだが、少しばかり熱が入りすぎてしまった。でもまあ、まともに読めもしないものを見せるわけにはいかないし、悪くないんじゃないだろうか。うん。

さて、あとはこれを明日、学校で東頭に——見せる前に。

「……一応、約束だからな」

忘れてはいない。

自作小説を読み合おうという、結女との約束。

別に守る義務はないのだが、難癖をつけられても面倒だし……誤字脱字のチェックくらいにはなるだろう。向こうが、約束を忘れていなければの話だが。

僕はルーズリーフを携えて部屋を出た。隣の部屋に気配がなかったので一階に降りる。

リビングには、結女の他にも父さんや由仁《ゆに》さんがいた。結女はソファーに座り、スマホで誰かと話している。

「うん。うん。……え⁉　すごい！　うん。あー、でも、私たちだけで決めるわけにはいかないし、とりあえず保留しておいてほしいかな……」

何やら取り込み中のようだった。少し真面目な話し方だ。

「うん。そう。次のホームルームで決めちゃって――あ」

リビングに入ってきた僕に気付いて、結女はスマホを耳から離した。

「ちょうどよかった。水斗――くん」

結女は近くに父さんたちがいるのを見て、呼び方を咄嗟《とっさ》に直す。

「暁月さんからの連絡なんだけど、衣装、用意できるかもだって」

「……そうか」

「レンタルになるから、予算がどれだけ付くかにもよるけど……次のホームルームで、具体的に何のコスプレ喫茶にするか決めようって」

「そう、だな……。何かしらテーマを決めたほうが、内装もやりやすいだろうしな」

「でしょ。何がいいと思う？」

「ホームルームで決めるんじゃないのか？」

「今のうちにある程度決めて根回ししておけば、ぐだぐだ揉《も》めずに決めちゃえるでしょって、暁月さんが」

「事前の根回しって……本当に高校一年生なのか、あの人は？」

やってることが政治家みたいだ。

僕は手に持ったルーズリーフを一瞬だけ見つつ、いったん頭を切り替える。

「……条件としては、まず扇情的すぎるコスはNGだ。絶対に弾かれる」

「それはそうよね……。でも扇情的すぎるって、どのくらい？」

「資料を見る感じ、ミニスカートはヤバいと思ったほうがいい。仮にメイド喫茶をやるとしたら、メイド服はヴィクトリアンスタイルになる」

「ヴィクトリ……？　とかはよくわかんないけど、結構厳しいわね……」

「あと、今メイド喫茶の話をしたが、女子だけにコスプレをさせるとクレームが来る可能性が高そうだな。男子にもできるコスのほうが望ましいだろう。ちなみに、男子は女装させればいいなんて文化祭特有の悪ノリには、この僕が断固として抵抗する」

「まあ、そう言うとは思ったわよ。暁月さん曰《いわ》く、ネタに走らず王道でやりたいっていうのが女子の多数派意見みたい。みんな結構真面目よね」

「王道ね……。男女問わずに着られて、かつ一般受けもＰＴＡ受けもするコスって、なかなか思いつかないもんだな」

「それこそメイド服と執事服なら男女でできるけど、他と被《かぶ》りそうだものね」

「そうだな。被りを避けて特色を示せれば、予算も多めに引っ張れるんじゃないか？」

「そうねー……」

うーん、と結女が悩んでいると、

「なんだい？　文化祭かな？」

ダイニングテーブルにいた父さんが話に入ってきた。

続いて対面の由仁さんがお菓子の小袋を開けながら、

「文化祭でコスプレ喫茶やるんですって。青春よね〜」

「ま、まだやるって決まったわけじゃないから。衣装を用意できないと……」

なぜか焦ったように手を振る結女に、父さんは「なるほど」と呟いて、

「それなら、円香《まどか》ちゃんに相談してみたらどうだい？」

「え？　円香さんに？」

「うん。確か円香ちゃんは、大学で演劇サークルに入ってたんじゃなかったかな」

「そうなんですか？」

訊き返してから、僕を見てくる結女。知らん。初耳だ。確かに僕たちのはとこに当たる種里《たねさと》円香さんは、いかにも文化系の活動をしていそうな見かけではあるが。

などと思っていると、由仁さんが首を傾《かし》げて、

「あれ？　美術サークルじゃなかった？」

「ん？　そうだっけ？」

「うーん……テニスサークルって言ってた気も……？」

なんで曖昧なんだそこ。あるいは全部本当なんだろうか。

「ははは！　とりあえず顔が広いことに違いはなさそうだ。昔から人懐こい子だったからね。衣装ならツテがあるんじゃないかな。学祭の実行委員をしていたと聞いた覚えもある

し、アドバイスももらえるんじゃないか？」

「確か円香ちゃん、大学は京都でしょう？　まだ夏休みで暇だろうし、喜んで協力してもらえるんじゃない？」

情報の確度が怪しいのが微妙に気にかかるが、とりあえず話を聞いてみるのはアリか。

「じゃあそうしようかな……。暁月さん？　聞いてた？　うん、ウチの親戚に顔が広い大学生がいてね――え？　うん、女の人――胸？　う、うーん……聞かないほうが……」

……『ウチの親戚』か。この家庭環境にもずいぶん慣れたつもりでいたが、昔から知ってる円香さんのことを結女がそう呼んでいる現実には、まだ違和感がある。

ともあれ、話はまとまったらしい。僕はもう用済みだろう。

けど……こっちの用は、まだ済んでないんだよな。

僕はルーズリーフを持った手に、少し力を込めた。

「――あれ？」

そのとき、結女の目が再びこちらを向いた。

「そういえば、私に何か用だった？」

瞬間、僕は思わず、ルーズリーフを背中に隠してしまった。

どうしてだろう？

読ませてくれと言ったのは結女のほうだ。僕は律儀にそれを履行しようとしているだけ。

臆する必要なんかない。そのはずなのに……。

……いや、ここには父さんたちもいる。結女も……今は、慣れない実行委員のことで、それどころではなさそうだし。

「いや……何でもない」

別に、今でなくてもいいだろう。

東頭に見せたあと、こいつにも見せたらいい……それだけのことだ。


寂しいわけでもない。疎外感でもない。

曲がりなりにも小説を一篇《ぺん》書き上げたばかりなのに、適切な言葉が浮かばない。

ただただ、鬱陶しいばかりの嫌悪が湧き起こる。こうじゃない。こうじゃない。こうじゃない。駄々《だだ》をこねる子供のように、僕の何かが喚《わめ》いている。

おさらばしたはずだった。別れの言葉と共に、中学時代に置き去りにしたはずだった。

こんな自分を、僕は認められない。

もしこの僕が主人公の小説があったとしたら、僕はそんなもの、絶対に読もうと思わない。

……ああ。こんな気持ちになったことが、前にもあったっけ。

嫉妬する自分が嫌だった。刺々《とげとげ》しくなる自分が嫌だった。だから、そんな自分を否定するために。僕はこんな人間じゃないと主張するために。僕は——彼女に頭を下げたんだ。

そうしたら、君は——

——何よりも嫌いな僕は、まさにあの時の僕だ。

だって、僕は。

謝った僕に、浮気だと駄々をこね始めた君を見て。

うんざりとしながらも——同時に。

どこか……安心していたのだから。

「……東頭のことを言えないな」

誰もが自分のようであってほしいというそれは、人間の底に根差した、共通する欲求なのかもしれなかった……。

ベッドから起き上がる。このままだと眠ってしまいそうだ。どうせ寝るなら風呂に入って、ちゃんと寝よう。

そう思って部屋の外に出た。

しかし直後、僕の足は止まる。

結女がちょうど、階段を上がってきたところだったのだ。

「……今からお風呂？」

簡単な質問に、けれど僕はなぜか、一瞬の間を置いた。

「……ああ」

「そっか」

他愛《たあい》のない会話。

それだけを交わして、僕は結女の横を抜け、階段を降りようとする。

「ねえ」

と、背中を声に摑《つか》まれて、振り返った。

「今日……」

結女はこっちを見ず、床に視線を落としながら、

「……ありがと」

搔《か》き消えそうなほど小さな声に、僕はかすかに眉根を寄せる。

「……何がだ？」

「ほら……出し物決めで……」

「……不本意とはいえ、僕も実行委員なんだ。自分の仕事をしただけだろ」

「でも……あなたじゃないと、きっとあんなに上手《うま》くはいかなかった。だから、ありがとう」

……ありがとう、か。

僕は階段を数段降りたところから、結女の顔を見上げた。

「……いつから君は、そんなできた人間になったんだ」

「え？」

「僕の知る君は、そんな風に殊勝なことを言う奴《やつ》じゃなかったってことだよ……」

言ってから、余計なことだと気付いた。

ばつが悪くなって視線を切る。……もう、いいや。この際、さっさと立ち去ってしまえば。階段をまた、一段降りて、

「やっぱり、昔の私のほうが良かった？」

「は？」

また、振り返る。

結女はどこか怒ったような、硬い表情で僕を見下ろしていた。

「弱々しくて頼りない、昔の私のほうが好みだったのかって訊《き》いてるの」

僕は少し黙り、

「……そうかもな。だったらどうする」

「思い出に溺れて死んでいけばいいわ。ただし――」

少しだけ笑って、結女は続ける。

「――今の私は、あなたの悩みを聞いてあげられるけど？」

「……悩み？」

「自信なさそうな顔してるわよ。まるであなたにラブレターを渡したときの私みたい」

あのときの君は……確かに、雨に濡《ぬ》れた子犬のように弱々しかったが。

「……話を盛るな。それほどじゃない。悩んでるわけでもない」

「じゃあ何？」

「ただ……」

「ただ？」

「……ある忘れっぽい女が、自分で言い出した約束をちゃんと覚えてるかどうか、少し不安になっただけだよ」

「えっ？」

ぱちっと目を瞬《しばたた》く。ほら、やっぱり覚えてない――

「もしかして、見せてくれるの？」

「え？」

「小説！　早く言ってよ！　私のはちゃんと掘り返しておいたのに！」

「……覚えてたのか？」

「当たり前でしょ！　記憶力はいいほうだって知ってるでしょ？」

しばし頭の中が空白になる。それを埋めるように、僕は口を開く。

「……確かに、余計なことはよく覚えてたな」

「余計なことって何よ！」

「何かに影響されて一瞬だけ一人称が『ぼく』になってたこととか――」

「あーあーあー！　忘れた忘れた忘れた！」

耳を塞いで叫んで、

「……というか、あなたのほうこそ、余計なことばっかり覚えてるじゃない」

「……まったくだな」

余計だ。本当に、余計なことだ。

幼くて、未分化で、無分別だった頃の記憶なんていうのは。

「それじゃあ……お風呂、上がったら来て。私の部屋」

「夜は立ち入り禁止だろう？」

「特別」

結女は階下を窺《うかが》いつつ、声をひそめる。

「（お母さんたちに、気付かれないようにしてね？）」

……くそ。

心臓――お前は、いつも余計な動きばかりする。

それから、結女が昔書いた小説を読んだ。

犀川創平《さいかわそうへい》のパクリみたいな探偵が、含蓄がありそうでない台詞《せりふ》を吐きながら、愚にもつかない密室トリックをだらだらと大仰に推理していた。

「草」

「真顔で言うな！」

「君、前はクリスティのパクリみたいな小説だって言ってなかったか？　これ、どっちかというと森博嗣《もりひろし》っぽいぞ」

「……そ、それは……」

「それは？」

「ちゅ、……中学の頃に、書いたやつだから……。小学生の頃のは、見つからなくて……」

「ふうん。……まさかとは思うが、このひたすら頭良さげなことを言っている、犀川創平を百分の一くらいに薄めたような探偵キャラは……」

当時付き合っていた彼氏をモデルにしたんじゃあるまいな。

「………………」

おい。顔を逸《そ》らすな。

「……お、鬼の首を取ったように言ってるけど、あなたのだって相当だから！」

「は？　冗談言え。これよりはずっといいだろ」

「モノローグがぐだぐだ長くて何の話かわかんないし、比喩も上手く言おうとして逆に伝わってないって感じ。『煮込みすぎたカレーのような』ってどういう意味？　焦げてて苦いってこと？」

「読解力のない奴だな！　それは――」

僕は懇切丁寧に解説したが、結局理解は得られなかった。これは少なからずショックだった。自分の文章がこんなにも人に伝わらないとは思わなかった……。

ひとしきり互いの作品をディスり合うと、穴の空いたような沈黙が訪れた。

抉《えぐ》られた傷を覗《のぞ》き込むようなその時間で、徐々に冷静さを取り戻す。そうして改めて自分や結女の小説を読んで、ひとつ、僕は発見したことがあった。

「……東頭は、結構すごい奴だな」

「え？　東頭さん？　……書いてるの？　小説」

「小説も書いてるらしいが、僕が見たのはイラストだった。模写でもトレースでもなくて、構図から自分で考えててさ。それで顔にも身体《からだ》にも手足にも、一見おかしいところはなくて――他人が見て『ちゃんとできてる』と思えるものを作れるのは、それだけで大した才能じゃないか？　これを見ると、そう思ってさ」

「確かにね……。そう考えると、あなたの曾《ひい》お祖父《じい》さんの自伝もよくできてたわよね」

「まったくだ。何せ文章の意味がわかったからな」

「ホントにね……」

二人してズーンと落ち込む。

ショックではあったが、ある意味、自信にはなった。これならあの東頭の卑屈さにも、一定の治療効果が見込めるかもしれない。

どこか気の抜けた、弛緩《しかん》した空気の中で、結女がぼんやりした声で言う。

「……ねえ。作家になりたいって思う？」

「思わない。そういう時期はあったかもしれないが」

僕の中には、書くべきものがない。

欲求も使命感も湧いてこない。

ただ、自分はこうじゃないってもどかしさがあるだけで、こうだと目指すカタチがない。

空っぽなんだ。

小説を書いてみて、尚更《なおさら》にそう思った……。

「……今までね、あんまり、話してこなかったけど」

「ん？」

「実は、私のお父さん、クリエイターだったの」

僕はゆるりと結女を見た。

結女はベッドの側面に背中をつけて、膝を抱えて、その上に顎を乗せていた。

「お父さんって、実の……由仁さんの前の旦那ってことだよな？　作家だったのか？」

「小説家じゃないけど……そういう、何かを作る仕事をしてたみたい。家の中にそれっぽいものがなかったから、何を作ってたのかはわからないけど……」

「もしかして、君の趣味って……」

「うん、そう。お父さんの本棚がきっかけ」

立てた膝に顎を乗せたまま、結女は訥々《とつとつ》と語り始める。

「お父さんについて私がぼんやりと覚えてるのは、ベッドの中から聞いた声……。ベッドでうとうとしてたらね、『ただいま』って、低い声が聞こえてくるの。光が漏れてるリビングのほうから……。それにお母さんの声が『おかえり』って言う。続けて『ご飯は？』ってお母さんが言うと、低い声は『買ってきた』って言うの」

「……『食べてきた』じゃなく？」

「そう。『買ってきた』。それから、ガサゴソってビニール袋の音。それに混じって、お母さんが『そう……』って、ちょっと残念そうに言う。……それが、お父さんに関する記憶のほとんど。次の朝起きたら、いつもいなくなってるの。だから今となっては、顔もあんまり思い出せない。会っても気付けないかも」

「それは、なんというか……」

忙しい人だったのだろう、という想像はできる。

……しかし、それ以上に……家庭というものを拒絶しているかのように、僕には感じられた。家族と同居しているにもかかわらず、あたかも一人暮らしのように過ごすその振る舞い……そこからは、明確な拒絶の意思——あるいは、隔絶。家の中をパーティションで仕切るような、そんな意図を感じざるを得なかった。

「あなたに最初からお母さんがいなかったように、私にとってもそれが普通だったんだけどね。それに、運動会とかには顔を出してくれてたし。……考えたらあれって、お母さんが無理やり引っ張ってきたんだろうなあ」

足掻《あが》きは、したのだろう。

由仁さんも、きっと抵抗はしたのだ。けれど、ついぞ夫を『家庭』に引き込むことはできなかった。ゆえに、決断せざるを得なかったのだ。自分のために、娘のために、あるいは——夫本人のために。

「お母さんは苦労したんだろうけど、私的にはお父さん、別に嫌いじゃなかったのよね」

「それは……そもそも会ってないんじゃ、そうもなるだろ」

「そうじゃなくて……家の中にね、常に誰もいない、でもいろんなもので溢《あふ》れてる部屋があると、子供心にワクワクしない？　漁《あさ》りたい放題じゃない」

「ああ……」

その気持ちは、僕にもわかる。

曾祖父さんの書斎を初めて見つけたとき、胸の奥から湧き起こった熱のようなものを、僕もはっきりと、覚えている。

「子供って、楽しいものをくれる人はすぐ好きになっちゃうじゃない？　だから私的には、こんな楽しい部屋をありがとうって感じだったわけ」

本当に……あるもんだよな。誰にでも、似たような話は。

「……えーっと、何の話だったっけ？」

「僕らに才能がないって話だよ」

「ああ、そうそう。脱線しちゃったけど、何が言いたいかっていうとね……なんというか、クリエイターになる人って、何か別のものを見てる感じがするのよね。それで言うと、東頭さんってすごくそれっぽくない？」

「……ああ……」

確かに。あいつは別のものを見ている。

僕とはこれ以上ないってくらいに気が合うけれど……ふとしたときに、感じるのだ。どこか、視点の位相が異なるような感覚を。

「なんなんだろうな、あれは。……今回も、僕は、東頭が何を見ているのか、根本的にはわかってない気がする」

「わかってあげてよ。それができるのは、きっとあなたしかいないんだから」

「君にも、わからないのか？」

「そうね。……考えてみたら、私もずっと、それを求めているような気がする」

『それ』。

……説明もしていないのに、その言葉が指すものが、わかるような気がした。

気のせいかもしれない。……いや、きっとそうなんだろう。僕の勘違いなんだろう。確かめるべきなんだろう、と思った。それが正解だと、僕の奥の僕が言っていた。けれど、……今の僕には、どう質問したらいいのかさえ、わからなかった。

「……僕は、東頭が見ているものを見ることは、できないかもしれない」

けど。

「あいつが見たことを、聞いてやることくらいなら、……たぶん、できる」

「絶対って言えばいいでしょ、そこは」

結女は臆病な弟をからかうように、軽く笑った。

「どう？　自信、できた？」

「できた。自分が凡人だっていう自信が」

「あなたが凡人だったら私はどうなるのよ」

その瞬間、唇からするりとこぼれた。

一年以上前、友達ができた君に、僕が言うべきだった言葉が。

「君は、すごい奴だよ」

「……えっ？」

そう、まずは認めることから始めよう。

君はもう、缶ジュースのプルタブすら僕に開けてもらっていた、ひ弱な人間じゃあないってことを。

僕にできないことができる、すごい奴《やつ》だってことを――

「え？　えっ？　ね、ねえどういう意味？　すごいってどういう意味⁉　私のどこがすごいの⁉　もっと詳しく教えてよ！」

「……文才のなさがすごいって意味だよ！」

「はあーっ⁉」

まあ……うん。

いきなりは難しいから、ちょっとずつにしよう。

かくして僕が脱稿した小説は狙い通りの大不評を得て、東頭――いや、いさなのメンヘラ治療に多大な貢献をした。

しかしまさか、その流れでこんな会が結成されてしまうとは、当然ながら予想できるわけもなく——

『折良く我が校はこれから文化祭の期間に入る』

と、通話越しに言うのは川波小暮。

『しかもつい先日、あんたと伊理戸さんを実行委員にしたばかり！　家ではもちろん、学校で行動を共にする機会も増えるってわけだ！　ナイス過去のオレ！』

『いやいや』

と冷静に突っ込むのは、すっかり元通りになった東頭いさな。

『打ち合わせもなくそんなことしてるの、普通に引くんですけど。Vtuber にコラボを強要する指示厨みたいなんですけど』

『うっせーな！　ライフワークなんだよ！　これが！』

傍迷惑《はためいわく》なライフワークだ。二次創作でやれ。

『とにかく！　文化祭！　これほど青春なイベントはなかなかねーぜ。告れとは言わねーけど、何かしらいい雰囲気になってこい！　ワンチャン向こうから告ってくるかもしんねーし！』

『文化祭でいい雰囲気になるの、ラノベや漫画ではよくありますけど、実際あるんですか、そういうの？　ガチガチの進学校である我が校で』

『ばっか進学校だからこそイベント事ではハジケんだよ。京大の学祭見ろよ』

『うぐっ……発想が被《かぶ》ってます……』

京大に変人が多いからって理由で進学校に来たらしいいさながダメージを受けた。まあ僕は森《もり》見《み》登《と》美《み》彦《ひこ》作品でしか京大のことを知らないが。

『いいか、お前ら？』

修学旅行で注意喚起をする引率教師のように、川波は言う。

『我が洛楼《らくろう》高校の文化祭では例年、後夜祭でキャンプファイヤーをやる。知ってるか東頭？　でけー火の周りで踊ったりするやつだぜ』

『知ってますよ！　どれだけ世間知らずだと思ってるんですか！』

『それで一緒に踊ったら永遠に結ばれそうな気がしねえ？』

『ただの印象じゃないですか！　そういう言い伝えがあるとかじゃないんですか！』

『あるわけねーだろそんな漫画みてーなの。あったとしても確実に何らかのラブコメのパクリだっつの』

「……で？　踊れと？　僕が？　結女と？」

漫才を遮って単刀直入に言うと、川波は『おうよ』と力強く答える。

『ま、実際には踊るっていうより、火の周りを囲んでイチャついてるだけらしいけどよ。ついでに校内に蔓延《まんえん》してる東頭彼女説も払拭できて一石二鳥！』

『その場合、わたしがとんでもない速度でフラれたことになりません？』

『安心しろ。お前は無謀にも伊理戸きょうだいの仲に横槍《よこやり》を入れようとして返り討ちにあった哀れな女になるだけだ』

『なお悪いです！』

なんで僕がそんなことしなきゃいけないんだか……。

はあ、と思わず溜《た》め息《いき》をついた僕に、

『伊理戸さんの真意を確かめたくねーのか？』

川波が、幾分か真剣な調子の声を突き刺してきた。

『もし伊理戸さんにそういう気があるなら、シチュエーションさえ誂《あつら》えたら絶対に何らかのアプローチをしてくる。その気がないなら、あんたが何をしたところで糠《ぬか》に釘だ。安心してきょうだいとして過ごせよ。どっちにしろ、今の何もわからない、宙ぶらりんの状態じゃあなくなる。あんたとしては、何のデメリットもない。あるとしたら、それは——』

「川波」

今度は僕が、突き刺すように名前を呼んだ。

「踏み込みすぎだ——僕でも、怒ることはあるぞ」

『……ああ、悪いな。ちょっと無粋だった』

無粋なのはいつものことだが。

今の一瞬の緊張に息を詰めていたのか、いさながほっと息をついた。

『まあ、要するによ。損はねーだろって話だ。あんたには何にも。そうだろ？』

「……もしあいつがその気になったらどうするんだ」

『付き合えばいいだろ』

『付き合えばいいんですよ』

「簡単に言ってくれるよな……」

部外者だから言える。同じ家の中で恋仲になるってことがどういうことなのか、こいつらはまったくわかってない。

『どうしても嫌なら、フればいいさ。弄ぶような真似《まね》は気が咎《とが》めるだろうが――それにしたって、ケリをつけなきゃいけねーことじゃねーの？　ただの同級生なら卒業まで知らないフリで通せるかもしんねーけど、あんたらはきょうだいなんだからよ』

……憎らしいばかりの理論武装だ。確かに、もしあっちがそういうつもりなら、知らないフリは通らない。早いうちに、対処する必要がある。取り越し苦労ならそれでいい。僕は安心して、あの女をきょうだいとして扱うことができるだろう――

「……わかった……」

『お？』

僕は苦渋に苦渋を重ねた末に、口にした。

「常識の範囲内でなら、従ってやる。あんまり露骨にやって、僕があの女に惚《ほ》れたと思われたら心外だからな」

『りょーかいりょーかい。心得てるぜ！』

『もしダメでもわたしという滑り止めがありますから、思い切っていきましょー！』

『てめえコラオイ！　恥ずかしくねーのか女として！』

『一ミリも？』

かくして僕は、結女の真意を測るために、あいつを口説くような真似をしなくてはならなくなったのだった。

仕方なく。

……仕方なく。

「可愛かった」

あのデートは、きっとチャンスだったんだと思う。

夏休みに入る、少し前。綾井《あやい》に誘われて、休日に出かけた。

まだ、当たり障りのない会話ならできていた頃だ。形だけの仲直りをしたばかりで、どうやって以前の関係に戻るかを考えていた頃だ。

あれが、最後にして最善のチャンスだったんだと、今ならばわかる。

綾井はめかし込んでいた。きっちりお洒落《しゃれ》をして、僕と以前の仲に戻りたいと、その姿でもって主張していた。

簡単なことだったんだ。

僕がやるべきことは、本当に簡単だった。

なのに、どうしてだろう。言葉が出なかった。以前までは普通にしていたことだ。今更恥ずかしがるようなことじゃなかったはずだ。なのに……何かが、詰まっていた。僕の中の何かが、そのたった一言を堰《せ》き止めていた。

可愛い、と。

たった一言、そう口にするだけでよかったのに。

◆　伊理戸結女《いりどゆめ》　◆

「行ってきまーす！」

「はぁい、行ってらっしゃーい」

お母さんの声に送られて、私は水斗《みずと》と一緒に玄関を出た。

玄関先で待っていた水斗は、私が鍵をかけるのを見るとすたすたと歩き始める。気遣いをする気はないらしい。まったくもう。まあ私もそれを想定して、今日は比較的歩きやすい靴を履いていた。

水斗の格好はパーカーにチノパンで、まあいつも通りというか、ラフさ極まるものだ。対する私も、デート着って言うほど気合いを入れてるわけじゃない。普通のブラウスに普通のロングスカートで、少し秋めいてきたのもあって肩にストールをかけていた。

お互いに私服で、揃《そろ》ってお出かけで、デートっぽいと言えなくもない。けれど今回は、お母さんたちに隠す必要はないのだ。

なぜなら今日は、文化祭用の衣装を下見するため、円香《まどか》さんの大学に行くのだから。

私は水斗の隣に並びながら話しかける。

「円香さんの大学って、結構遠いの？」

「距離的にはそこそこだな。けど、電車に乗ればさほどかからないと思う」

「電車かぁ……」

「交通費なら文化祭の予算から出るぞ」

「お金の話をしてるんじゃないの！」

私が思い出してたのは、母の日のプレゼントを買いに行ったとき、満員電車で水斗に詰め寄られるような格好になったことで……。そして、秋の京都は観光客がたくさんいるから、今日も電車が満員かもなってことで……。

これはデートではない。

デートではないけれど――それはそれとして、私は暁月《あかつき》さんから、ある指令を受け取っているのだ。

――いい？　結女ちゃん？　文化祭は絶好の機会なの！　準備期間は作業を通じて親愛度を高め、当日はデートに誘う口実になる！　つまり……！

――つまり？

――伊理戸くんにコナをかけようとする子が、爆発的に増える！

――！

――まあ、東頭《ひがしら》さんとの噂《うわさ》があるからねー。奇《く》しくもそれが防波堤になってくれるとは思うけど、そんなのお構いなしな子もいるだろうし

――で……でも……！　あの男が、そんな、ポッと出の子に引っかかるわけ……！

――もしもーし。ポッと出の東頭さんが今どうなってるか、覚えてますかー？

――ううう……

――というわけで、結女ちゃんも積極的にコナかけちゃおう！　実行委員になったおかげで、東頭さんの噂に気兼ねせずデートできる状況が整ったんだからさ！

――こ、コナをかけるったって、どうすればいいの……？　というか、コナって何……？　鱗粉《りんぷん》……？

――ふふふ。お教えしましょう。恋愛対象にぶっかけるコナとは！

――とは……？

――ずばり――『こいつ、俺のこと好きなんじゃね？』だー！

――…………キスまでした私に、これ以上どうしろっていうの…………？

――そこは、まあ、あー……がんばれ！

最後は結構投げやりだったけど、一応暁月さんは、通り一遍の手練手管を伝授してくれた。

例えば、いつもより半歩分だけ近付いて歩くこと。

例えば、折に触れて何気なく肩や手などに触れること。

例えば、話すときにじっと相手の目を見つめること。

まあ確かに、どれもこれも異性というか、恋愛対象の人にされたら、もしかして気があるんじゃないかと疑ってしまう行動ではあるけれど……。

――……ねえ、暁月さん？　つかぬことを訊《き》くんだけど

――なぁにー？

――それ……自分でやったことある？

――………………

――暁月さん？　ねえ暁月さん!?

最近、気付き始めた。

暁月さんは事あるごとにあれこれアドバイスしてくれて、本当に助かるし、ありがたいと思っているんだけど……恋愛に関しては、家が隣同士の幼馴《おさななじ》染みというあまりにも恵まれた環境でしかしてこなかったために、技術的には素人同然なのではなかろうか、と……。

いや、そりゃね？　男性経験がまったくないよりかは信用が置けるんだけどね？　幼馴染み相手にボディタッチで距離を詰めるとかね？　絶対やったことないでしょっていう気持ちがね？　やっぱりね？

まあ、経験に関しては私も他人のことは言えない。中学時代の成功は、まさしく棚から

ぼた餅と言うべきもの——未《いま》だになんで付き合えたのか謎なくらいだ。その謎成功をさらに超えようというのだから、試せることは何でも試してみるべきだろう。

とりあえず、それとなく半歩分、距離を詰めてみた。

「…………………」

そっと横目で表情を窺《うかが》ってみるけど、私のほうを気にする様子はない。

健全な男子なら、肩が触れ合いそうな距離に女子がいたら、それだけで反応するはず！

——と、暁月さんは言っていたけど。

よく考えたら、この程度の近さがどうしたという話なのだ。

何せ私たちは、普段、一つ屋根の下で暮らしているのだから——肩が触れ合う距離で歩く程度、それに比べたらどうってことないと言わざるを得ない。

実際のところ、私も——そんなには——ドキドキしてないし。

距離感が近すぎるのも考えものだ……。

「はあー……」

「どうした？」

「いや……ちょっと人酔いしただけ」

先が思いやられすぎる。

地下鉄で京都駅に行き、そこから奈良線に乗って、東福寺で京阪電車に乗り換えた。準急でほんの数駅行けば、円香さんの大学の最寄り駅だ。

道には迷いようがなかった。何せ駅を出て、角を一つ曲がっただけで、道の先にキャンパスの入り口が見えたのだ。

九月も中旬に入ろうとしているけれど、大学はまだ夏休みらしい。だからか、行き交う人も少なかった。駅のすぐそばにある小学校の塀沿いに歩く。

「大学のすぐ近くに小学校があるのね……付属とかじゃないのよね？」

「付属小はなかったと思う。たぶん何も関係ないな」

「学校がこんなに近くに集まることってあるんだ……」

「それを言ったら、キャンパスのすぐ隣には警察学校があるぞ。確か」

「え⁉　三つ目⁉」

京都は学校が多いとはよく聞くけれど、いくら何でも集まりすぎでは。

門は開け放たれていた。私はきょろきょろと辺りを見回しつつ、生まれて初めて大学の敷居を跨《また》ぐ。うわあ、入っちゃった。

「怪しいぞ、君。何もしてないのに捕まりそうだ」

「だ、だって、大学なんて入る機会ないじゃない！」

「入学するわけでもないのに大袈裟《おおげさ》な……」

何よ！ ちょっとくらい感動を共有してくれてもいいでしょ!?

水斗はキャンパスマップを見つけると、平然とそちらに歩いていく。あまりにも忖度《そんたく》のない態度に、私は落ち込むよりもムカついた。デートじゃないとしても気遣いがなさすぎる！

私はこれ見よがしに憮然《ぶぜん》（誤用）としてやりつつ、水斗と一緒にマップを見た。確か円香さんとの待ち合わせ場所は――

「ええっと……けん、しんかん？ だっけ？」

「なんでいちいち建物にややこしい漢字の名前が付いてるんだ……」

見た目からそれらしさは感じないけど、この大学は仏教系で、建物にも仏教に由来しているっぽい名前がついているらしい。この辺りからして、中学や高校とは違う。

二人してキャンパスマップを見て頭を捻《ひね》っているところだった。

「あー！ いたいた！」

急に聞き覚えのある声が後ろから聞こえて、

「よっ！ 二人とも！」

と、背中を叩《たた》かれた。

驚いて振り返ると、お洒落な眼鏡をかけたお姉さんが「にひひ」と悪戯《いたずら》っぽく笑っていた。

淡い色合いのブラウスにふわりとしたロングスカート。見た目だけなら清楚《せいそ》なお姉さんとしか言いようのない姿と、ブラウスを大きく持ち上げる豊満なバストは、一月前に田舎で出会った彼女のものに違いない。

種里《たねさと》円香さん。

水斗の——そして私のはとこに当たる人だ。

「一ヶ月ぶりー！　元気してたー？」

「はい。円香さんも変わらず……」

「うんうん。結女ちゃんも相変わらず……コーデが超被《かぶ》ってるね！」

「あ」

改めて見ると、今日の私と円香さんの服は、ペアルックかというくらい被っていた。

「す、すいません。忘れてました……」

「いーよいーよ。どうせ着替えるんだしさ！　にひひ！」

相変わらず円香さんは、ファッションの印象とは裏腹に陽キャ全開である。水斗が一言も声を発していないけど、私も中学時代だったら同じ反応をしていただろう。

「水斗くんも久しぶり！　田舎以外で会うなんていつぶりだろうね？」

「……さあ。何かの法事じゃないですか」

「あー、そっかそっかぁ。いやぁ、おっきくなって！」

水斗の塩対応にもまったく動じず、笑顔でおばさんみたいなことを言う円香さん。一ヶ月前に会ったばかりなんだから、身長は全然変わってないと思うけど。

「それじゃ、早速行こっかー！　衣装は部室にあるから！」

円香さんは自然と私の懐に入ってきたかと思うと、当たり前のように腕を絡めてきた。腕が豊かなおっぱいにむにゅんっと飲み込まれたようになって、女なのにひょわあーっと心の中で悲鳴を上げた。

ブラジャーの硬い感触にさえドキドキする。これがFカップのパワー……。だとすれば、東頭さんのGカップにいつもくっつかれている水斗はどういう気持ちでいるのか。なんであんな平然とした顔ができるの？　性欲ないの？

振りほどくこともなく、そのままの格好で人気《ひとけ》の少ないキャンパスを歩いていく。ステージやカフェが設けられた広場を横断しながら、円香さんがこそっと顔を寄せてきた。

「（結女ちゃん、結女ちゃん。あの話どうなったの？）」

「（あの話って……）」

「（東頭さんって子が、水斗くんの彼女になったって話！　他の親戚はみんな信じてるけど、誤解なんだよね？）」

「(そう……なん、です、けど……)」

「(わーお。あからさまな訳ありの気配)」

私は後ろを無言でついてくる水斗を気にしつつ、最近あったことを手短に話した。水斗と東頭さんが付き合っているという話が、親戚のみならず学校でまで広まり、ほとんど公認状態になってしまったことを……。

「(そりゃあ、まあ、なんというか……難儀な話だねえ)」

「(本当に……)」

まさに難儀としかコメントのしようがない。

「(それじゃあ今回は、文化祭の準備にかこつけて逆転しちゃおうって感じ？　なかなかやるねー♪)」

「(ま、まあ……友達の差し金なんですけど)」

「(ほほう。なかなか頭の切れる友達がいるようですな。わたしと気が合うかも)」

確かに暁月さんとは陽キャ同士気が合うかもしれないけど、円香さんはセッティングド下手くそでは。なのにその強者《つわもの》感は一体。

見上げるほど大きな正門を抜けて、いったん外へ。

部室のある建物は飛び地にあるのだという。横断歩道を渡って、現代的なデザインの綺《き》麗《れい》な建物に入っていく。

「円香さんは、演劇サークルに入ってるんですか？　お母さんの話じゃはっきりしなくて」

「わたしは、正式にはどこにも入ってないかなー。でも彼氏が演劇サークルでね、わたしもたまに助《すけ》っ人《と》に入ってるの。準部員みたいな感じ？」

「え？　じゃあいいんですか？　衣装を借りちゃって」

「大丈夫大丈夫。話は通してあるし。サークルメンバーはみんな友達だから。ちゃんと返すならタダでいいってさー」

すごい。『みんな友達だから』。真の陽キャしか口にしない台詞《せりふ》だ。

「あ、でも」

円香さんは不意に「にひひ」と笑って、私の耳元に口を寄せた。

「（やらしいことに使っちゃダメだよ？　衣装が汚れちゃうからね！）」

「（い、言われるまで考えもしませんでしたよ……！）」

できるわけないじゃない、そんなこと！　……コスプレくらいでどうにかなるなら、もうとっくに……うう……。

円香さんに先導されるまま、いくつかの階段を登る。

廊下を歩いていると、いくつも並ぶ扉の中から話し声や笑い声が漏れ聞こえてきた。私には物珍しい空気感だったけれど、円香さんは当然スルーして、演劇サークルの部室――でいいのかな？　サークル室……？――に、私たちを通す。

雑然とした部屋で、私物らしき漫画雑誌や空のペットボトルが机に放置してあり、壁際には無数の段ボール箱が山と積み上げられている。

おお……部室っぽい！

「衣装はその段ボール箱の中だよ。適当に開けてチェックしていこっか」

「ええ……？　こんな保存の仕方で大丈夫なんですか？」

「よくはないんだろうけど、クローゼットを借りるのにもお金がかかるからねえ」

言いながら、円香さんは『衣装』とマジックで殴り書きされた段ボール箱を、ガサゴソと開封し始める。

覗き込んでみれば、なるほど確かに、ただの洋服とは言えない芝居がかった服が詰め込まれていた。演劇用なんだから芝居がかっているのは当たり前なんだけど。

「うーん……もうちょっと整理されてるかと思ったんだけど、本当に突っ込んであるだけだなこりゃ。結女ちゃん、水斗くん、手分けして開けていこう」

「はい！」

私の返事をよそに、水斗は無言で段ボール箱を開け始めていた。親戚にくらいもうちょっと愛想よくできないのだろうか、この男は。

必要なのはコスプレ喫茶で使う衣装だ。なので訴求力を高めるために、何らかのはっきりしたコンセプトを持っているほうが望ましい。だから単に物珍しい服ではダメだ。一見してわかりやすい、華のようなものがないと……。

「おっ！　……ひひ。結女ちゃん結女ちゃん、こんなのどう？」

円香さんがニヤニヤしながら広げて見せた服を見て、私は最初、『あ、可愛《かわい》い』と素直に思った。

　ウエイトレスみたいなエプロンと半袖のブラウスを組み合わせた、まさしくヨーロッパという感じの服だ。

　けど……よく見ると……。

「えっと……それ……む、胸元開きすぎじゃないですか……？」

　襟ぐりの開き方が尋常じゃない。おっぱいの上半分は見えちゃうんじゃあ……。

「結女ちゃん。この服はね、ディアンドルって言って、ドイツの伝統的な民族衣装なの」

「そ、そうなんですか……」

「そう。今でもね、ドイツのお祭りなんかで着られる、いわば着物みたいなものなの。だからエッチじゃないの。水着と同じくらい谷間が見えてても、まったくエッチじゃないの」

「エッチだと思ってるってことじゃないですか！　その強調の仕方は！」

「着てみよ？　ね？　文化祭でしょ？　ドイツの文化学んじゃお？」

　円香さんは据わった目をして、ディアンドルとやらをずいずい押し付けてくる。ダメだもん！　完全にエロい目してるもん！

「ダメです」

少し硬い声がしたかと思うと、スッと水斗の腕が、私と円香さんの間に割り込んできた。

「伝統的だろうと民族衣装だろうと、露出度の高い服は運営委員会に弾《はじ》かれます。なので、その服は、ダメです」

一語一語区切って、突きつけるように告げた水斗に、円香さんはぱちくりと目を瞬《しばたた》いた。

「……ふう～ん？」

そして意味ありげに笑って、ディアンドルを引っ込めた。

「了解了解。じゃあやめとこう。確かにこんな格好の結女ちゃんを、不特定多数の目に晒《さら》したくなんかないもんねえ？」

「……公序良俗に反しない衣装をお願いします」

そう言って、水斗は自分の開封作業に戻っていく。

今の……ちょっと、怒ってた？

私が露出のある服を着せられるのを……嫌がってた？

うわ。顔がにやつきそう……！　もしかして、露出度が高い衣装に真っ先にＮＧを出したのって、そういう意味もあったの？　私を守ろうとしてくれたの？　うわ。うわ～！

「にひひ。それじゃあ、水斗くんが怒らない服を探そっか、結女ちゃん？」

「は、はい。……あっ、ちょっと待って」

私はディアンドルを片付けようとした円香さんの手を止めた。

そのデザインをじっと見る。

「どうしたの？　やっぱり着たい？」

「いえ……私よりも……」

これ、東頭さんに似合いそう。すごく似合いそう。

「……ちなみになんですけど」

「うん？」

「個人的に借りることって、できますか？」

円香さんはきょとりと首を傾《かし》げ、

「やらしいことに使うのはダメだよ？」

「使っ……いません！」

東頭さんに胸元の開いた服を着せるのは、やらしいことじゃないはず！　たぶん！

ぷちりと、ブラウスのボタンを外す。

今日、初めて入った部屋で服を脱ぐなんて、何だか落ち着かなかった。すぐ隣の部屋に水斗がいると思うと、尚更《なおさら》心許《こころもと》なさが湧き起こる。

「相変わらず贅肉《ぜいにく》ゼロだなー、結女ちゃん。肌もツヤッツヤだし。これがＪＫか……」

評論家のように私を検分してくる円香さんは、とっくに下着姿になっていた。清楚なファッションとは裏腹に、ブラもショーツもレースでレッドですごいやつ。大人の下着を通り越して、これはもはや、いわゆる勝負下着というやつに見える……。

「……円香さん、普段からそういうの着けてるんですか……？」

おずおずと尋ねる私に、円香さんはからからと笑い、

「そんなわけないじゃん！　普段は上下の色が違うとかザラだよ？　……でもまあ、今日は見せる予定があったもんでね」

「それは……」

今この瞬間のこと？　……それとも、この後に何かご予定が……？

円香さんは意味深に笑って、

「さあ？　どっちでしょー？」

プチッと躊躇《ちゅうちょ》なく、ブラのフロントホックを外した。

私たちは今、見繕った衣装を試着しようとしていた。

どうせ私たちの独断で決めるわけにはいかないから、とりあえず試着して写真を撮り、後からクラスの話し合いで決めようということになったのだ。

私が女子のサンプルで、水斗が男子のサンプル。

部室の隣にもう一つ部屋があるので私と円香さんはそちらに移動し、水斗は部室に残って自分の衣装に着替えているのだ。

じゃあなんで円香さんまで着替えているのかって話だけど、「わたしも着たぁーい！」と言い出したんだから仕方がない。

しかも円香さんが手にしているのは、私や水斗がNGを出した、露出度の高い衣装だった。あまりに布が少なくてブラすら着けられない。

「うーん……」

とりあえず私が最初に着てみたのは、王道のメイド服。

漫画やアニメで見るやつよりもスカートが長くて、足首くらいまである。

おかげで私でもそんなに恥ずかしくないけど、このフリフリのカチューシャはやっぱりちょっとー……。

「いいじゃん！　可愛い可愛い！　水斗くんと合わせてきな！」

「合わせるってなんです——きゃっ⁉」

円香さんに背中を押されて、水斗と合流する。

水斗は執事服を身に纏《まと》っていた。すらりとした線の細い身体《からだ》に、締まった印象の黒がとてもよく映える。

「おおーっ！　いい！　いいよ！」

円香さんは興奮して、スマホでパシャパシャ写真を撮り始める。

その間、私はチラチラと水斗のほうを覗《のぞ》き見た。疎ましそうに顔を顰《しか》めているけど、充分似合う。あとは髪型をもっとちゃんとすれば――

――はっ⁉

これ……コナをかけるチャンスなのでは？　ここで褒めておけば、意識させることができるのでは？

よ、よし……！

「ね、ねえ……」

「ん？」

「に……似合ってる……わね？」

言えた！

そこそこ声が詰まっちゃったけど、何とか言えた！　私にしてはマシなほう！

水斗は私の言葉を確認するように間を置くと、

「どうも」

それだけ⁉

人が一生懸命勇気を出して褒めたのに、それだけ⁉　褒め返しなさいよ！　君も似合ってるねって、お世辞でも言うところでしょ⁉

ぐぬぬ……オタクのくせに、メイド服に反応しないなんて……！

「円香さん！　次行きましょう！」

「おっ！　結女ちゃん乗ってきた？」

「乗ってきました！」

次に着たのはチャイナドレスだった。

当然、下半身にスリットがある分、脚の露出がすごいんだけど、そこは『肌色のタイツを穿《は》けばセーフなんじゃない？』という円香さんの意見で、一応アリになった。

の、だけど。

今は、肌色のタイツなんてないわけで。普通に、生脚を出すしかないわけで。

これならどうだ！　と、怪しい中国の呪術師みたいな格好をした水斗の前に出てみたが、

「ふうん」

これだけ！

ホントに！　こいつ！　普段、生脚出すのが恥ずかしくて制服でもタイツを穿いてる私が、こんなにも脚を出してるっていうのに！　ふうんって！

それからもアオザイとか魔法使いとか、いろいろ試してはみたけれど、水斗の反応はどれも『へえ』とか『ふうん』とか『はあ』とかばっかりだった。

「やー、どれも可愛いなあ！」

一番ホクホク顔なのは円香さんである。

円香さんは水着みたいな服（服？）にヴェールのような薄布を合わせた、踊り子めいた格好をしていた。

円香さんみたいに出るとこが大きく出てる人がこんな格好をしたら、もう部屋を一歩出るだけで犯罪になりそうなくらいだったけれど、やっぱり水斗は全然リアクションを取らない。

円香さんも円香さんで、平然と丸出しの白い太腿《ふともも》を組みながら、スマホで撮った写真を見返している。

「衣装といえば、夏祭りで着てた浴衣も可愛《かわい》かったなー。やっぱり黒髪ロングに和服は鉄板だね！」

「て、鉄板かはともかく……和風の衣装は、アリかもしれませんね。露出度も低いですし」

「たぁしかに。ＰＴＡウケも良さそう。和風かぁ。巫女《みこ》服とかあったかなー……」

円香さんは床に四《よ》つん這《ば》いになって、段ボール箱をごそごそ漁《あさ》る。お、お尻！　お尻気を付けて！　今ほとんど丸出しなんだから！

「あ」

私がそれとなく水斗の視界を遮っていると、円香さんが何かを箱から引っ張り出した。

「あったなあ、これ！　ねえねえ、これなんてどう？」

「これって……？」

着物……っぽいけど、上半身しかない。着物っぽく見せるだけのなんちゃってシャツというか。円香さんはそれと一緒に、袴《はかま》らしきものを持っている。

「んーと、これはねー……あっ、そうだ。去年の学祭の写真があるんだった」

円香さんはスマホを操作し、「これこれ！」と画面を見せてくる。

画面に写っているのは、ステージの上に立つ女性だった。上は華やかな赤の着物で、下は焦げ茶色の袴――靴は、ブーツ？

「可愛い……！」

「でしょ？　大正ロマンっていうのかな。わたしも好きなんだよね！」

和洋折衷で、可愛くもあるし格好良くもある。露出度はかなり低いのに、一見して目を引くインパクトがあった。

今までで一番いいかも……。運営委員会の理解も得られそうだし、コスプレ感もちゃんとある。コンセプトもはっきりしてるし……何より、他のクラスはこの衣装を用意できないんじゃないだろうか。

「でも、これ、男子はどうなるんですか？」

「男子はこっち」

円香さんが画面をスワイプして、新しい写真を見せてくる。そこに写っていたのは――

「書生！」

着物と袴に、学帽と外套《がいとう》！　それはまさしく書生の姿……！

「いいでしょ？」

「いいです！」

私は全力で肯《うなず》いた。この知性を身に纏ったような格好は、さっきの執事服以上に私の感性に突き刺さった。いい！　すごくいい！

……でも、問題は、もう一人の実行委員のお許しが出るかどうか……。

私はそうっと水斗を振り返り、おずおずと言った。

「……どう？」

「そうだな……確かに、条件には合ってる……」

お？　今までで一番好意的な反応だった。断言はしないものの、答えに出会った感触が、水斗にもあるのかもしれない。

「まあとりあえず着てみよ！　水斗くんも！」

え⁉

そ……そっか……サンプルを撮らないといけないんだ……。この、この、涼しげな、書生風の衣装を、み、水斗に……。

私はにわかに緊張しながら、隣の部屋で着替えた。着物っぽいけど着物じゃないから、着付けは決して難しくない。サイズも割と融通が利きそう。

トントンと爪先を叩《たた》いて、ブーツの履き心地を確認していると、

「髪、ちょっと上げよっか」

円香さんが私の髪の一部を後頭部に結い上げ、小道具らしい簪《かんざし》を挿した。円香さんと同じハーフアップだ。するとますます、姿見の中の私は大正時代のお嬢様のような雰囲気を纏った。

「いいねえー！　ハイカラだハイカラ！」

円香さんに乗せられて、私も気分が良くなってきた。

身体を左右に振って、髪や袖、袴の裾を揺らしてみる。そうしてできる非現実的なシルエットが、まるで自分のものとは思えなくて、人形を可愛がっているような気分になってくる。

今までの衣装ほど恥ずかしくないし、演劇用だからか見た目ほど動きにくくもない。それに……何よりも、可愛い。

「……円香さん。これ、何着ありますか？」

「気に入った？」

「ええ、まあ、はい……」

「たぶん四、五着くらいかな。男子と合わせれば、ホールスタッフの分くらいは余裕で賄

えると思うよ」

なら男子側の出来栄えによっては……。いや、私はほとんど確信していた。何せ、この半年、この世の誰よりもあの男の姿を見ているのだ。何が似合って何が似合わないかなんて、実際に見なくても大体わかる――

ノックをしてから、水斗が着替えている部室に戻る――と。

「っ――」

「のわあーっ!!」

私が上げかけた歓声を、円香さんのバトル漫画でぶっ飛ばされた人みたいな声が上書きした。

しれっとした顔で振り向いた水斗に、円香さんが目を輝かせて駆け寄る。

「みっ、みずっ……水斗くん！　え⁉　本当に水斗くん⁉　あのちっちゃくて可愛らしい水斗くん⁉」

「何年前で認識が止まってるんですか……」

呆《あき》れた顔をする水斗は、さっき写真で見た通りの、着物に袴を着て、頭に学帽を被《かぶ》った、書生風の衣装だった。

いい……。

すごく、いい……。

私の見立てに誤りなし。その衣装は、水斗の線の細い面立ちや知的な雰囲気と見事に噛《か》み合い……なんか、なんかもう、もう……！

「ほ、本！　水斗くん、小脇に本抱えてみて！　和綴《わとじ》のやつ！　小道具の箱にあったでしょ！　……そうそう！　それそれそれ！　……うーん、でも何か足りない……」

「め、眼鏡です……！　円香さん、眼鏡……！」

「それだあーっ!!」

円香さんと二人、ウキウキと小道具の伊達《だて》眼鏡を水斗にかけさせると、また「のわああーっ!!」と円香さんがぶっ飛ばされた。叫びはしなかったものの、私も心中は同じ気持ちだった。

円香さんは両手で口を覆い、ぷるぷると震える。

「か、かわいい……かっこいい……かわ……かっこ……身内にとんでもない人材がいたことに、お姉さんは動揺を隠しきれないよ、水斗くん……」

「大袈裟《おおげさ》ですね……。別に普通ですよ」

「あーっ！　敬語もいい！」

いい！　心の中で激しく肯く私。

前のイケメン家庭教師風も良かったけど、こっちも、いい……！　すごく、すごくいい……！　ああ、語彙が……！　語彙が足りない！

「ちょ、ちょっと、二人とも並んで並んで！　ほら早く！」

「えっ……！」

円香さんにぐいぐいと肩を押されて、水斗の隣に並ばされる。あっ、ちょっ……ち、近付けないで！　死んじゃう！　私死んじゃう！

「おおお、こりゃしゅごい……。大正だよ。もはやここは大正！　もっと近付いて近付いて！」

大興奮してパシャパシャ写真を撮る円香さん。

私はガチガチになって、肩が触れ合う距離にいる水斗をちらちら盗み見ていた。学帽のつばが少し幼さのある顔に影を落とし、水斗に物憂げな雰囲気を与えている……。

ひいいーっ!!　か、顔が……！　顔が緩んじゃう……！

「いやー、これは決まりですな！　洛楼《らくろう》の文化祭って一般入場アリだよね？　行くよ！　絶対行くから、わたし！」

円香さんによる撮影会が終わると、私はようやく、水斗の隣からてこてこと逃げ出した。し、心臓止まるかと思ったぁ……。

はー、と胸を撫《な》で下ろしていると、円香さんがちょいちょいと手招きしてきた。なんだろう？　と近付いてみると、

「見て見て、ベストショット」

さっき撮った写真を見せられる。

画面に表示されたのは、顔を赤くして横目で隣の書生を盗み見ているハイカラ乙女——か、顔に出過ぎでしょ私……！

自分の防御力の弱さに気を取られて、だから私は、円香さんに「ここ、ここ」と指で教えられるまで、気付かなかった。

私だけじゃなくて——水斗のほうも、横目で私をチラ見していることに。

「にひひ。口には出さないけど、好評みたいだね？」

私は、着物の袖でさっと口元を隠した。

もう……抑えられない。こんなの……どうやっても、顔が緩んじゃう。

「あの……この写真……」

「わかってるって。送ったげるね？」

私はか細い声でお礼を言った。

それから、素知らぬ顔をしている水斗を見やる。

露出の多い服を止めたときといい、今といい……。

もしかして……この男、私のこと好きなのでは？

元の服に着替えて部室を片付け終わると、円香さんが「せっかくだし大学見てく？」と誘ってくれた。

こんな機会そうそうないし、私はお言葉に甘えることにした。水斗も口ではさっさと帰りたい風なことを言っていたけど、なんだかんだでついてきた。

体育館や食堂、講義で使う演習室、それに図書館なんかを覗《のぞ》いた後、中央広場にあるカフェで休憩することになる。カフェ自体、そんなに縁があるわけではないけれど、大学のカフェともなると格別に物珍しい。席に案内され、円香さんの対面に座るまで、私はおのぼりさんのようになっていた。

「ちょっと詰めろ」

のだけど、水斗が私の隣に座ってきた瞬間、一気に意識を持っていかれる。

わ、わざわざ私の隣に！　円香さんの隣も空いてるのに……！

いやいや、落ち着け。今となっては親戚の円香さんより、義理のきょうだいの私のほうが慣れているというだけだ。そうに違いない。……ああ～！　でも気になる～！

円香さんがメニューを取り、

「何頼むー？　ケーキとかもあるよ。しかも良心プライス！　遠慮なく頼みたまえー」

うーん……どうしよう。晩ご飯もあるし、軽めに留《とど》めたいところだけど……。

「ケーキもパフェも美味《おい》しそう……」

「私はコーヒーだけにしとこうかな。水斗くんは？」

「僕は紅茶――それと、このケーキで」

「え？」

水斗が指差したのは、私がパフェとの二者択一で悩んでいたチョコレートケーキだった。

水斗は平然とした顔で、

「僕がこっちを頼むから、君はそっちのパフェを頼めばいい。それでシェアすれば、両方食べられるだろ」

「あ……う、うん。そうね……」

何それ優しい！　な、何？　彼氏？　もしかして私たち付き合ってる!?

「ほっほーう？」

水斗のムーブを見て、円香さんも意味ありげに目を光らせた。そうですよね！　私の勘違いじゃないですよね！　好意が！　好意がありますよね、これ！

……いやいやいや、落ち着け。この男のことだ。単に自分が食べるものにこだわりがないだけかもしれない。いや、そうだ。そうに違いない。……そうよね？

程なくして、私の前にはパフェが置かれ、水斗の前にはケーキが置かれた。パフェは小ぶりで、おやつとして食べるにはちょうどいい。てっぺんのアイスは甘すぎず、少し酸味があった。うーん……私はもうちょっと甘いほうが好きかも。

「そっちはどんな感じ？」

無表情でチョコレートケーキをパクパクしていた水斗は、フォークを置いて、無言でケーキを皿ごとこっちに寄せてきた。私も入れ替わりにパフェを水斗のほうに寄せる。

「あれー？　あーんしないのー？」

と、円香さんがこれ見よがしにニヤニヤしながら言った。

……確かに、食べ物のシェアといえば……だけど。でも、まさかこの男が、そんな軟派なことを人前で、しかも親戚の前でするわけがない。……でもでも、今日の感じなら、まさか、ひょっとすると――

「嫌です」

水斗はにべもなく言った。

……やっぱりね。何を期待してるんだか――

「こんな人目のある場所ですることじゃないでしょう」

続いた言葉に、私の頭は少しだけ止まって、円香さんはきょとんとした顔をした。

「……あれぇ？　それだと、まるで人目のないところではしてるみたいな言い方だけど？」

「ご想像にお任せします」

あれ？　な、なんで？　なんではっきり否定しないの？　いつもなら嫌味《いやみ》なくらい徹底的に――

「どうした、結女？　ぼうっとして」

「え？　あ、いや、ちょ、ちょっと考え事……。ほ、ほら、カロリーがね？　気になるなあって！」

顔を覗き込まれて、慌てて誤魔化《ごまか》した。

し、心配された……。やっぱりいつもより、優し――

「ふうん。気にするもんなんだな、君でも」

「え？　……きっ、君でもって何⁉」

「いつもだらだらお菓子食ってるから、気にしてないのかと思ってたよ」

「たっ、食べてなっ……くはないけど、だらだらとはしてないわよっ！」

優しくなったり嫌味になったり、どっちなのよ、もう！

大学内を一通り見学すると、日も沈みかけになっていた。

私たちも帰らなきゃいけないし、円香さんもこの後、予定があるってことで、解散することにした。

駅に近いほうの門からキャンパスを出る。円香さんはスマホで時間を確認しながら、

「この後、木屋町《きやまち》で飲み会があるんだよねー。彼が迎えに来てくれる予定なんだけど……

あ、来た来た」

一台の車が走ってきて、少し離れたところに止まった。その運転席に座った男の人に、円香さんが手を振る。あの人が円香さんの彼氏……。距離があってよく見えないけど、なんだろう、何だか疲れてそうな雰囲気がする……。

「それじゃあね、二人とも！　文化祭、楽しみにしてるよー！」

円香さんは小走りに車に駆け寄って、運転席の窓に「ありがとー」と声をかける。それから助手席に回ってシートに座ると、車内から私たちに手を振った。

車は発進し、あっという間に道路の先に消えてしまう。彼氏と一緒に車で移動する、というその光景が、何だかすごく大人っぽくて、私は車が消えた先を見つめながら、静かに感動していた。

の、だが。

水斗が怪訝《けげん》そうに言う。

「……飲み会に行くんだよな？」

「え？　そう言ってたじゃない」

「あれだと、彼氏は酒飲めなくないか？」

「…………」

ダメ男好きだと前は言っていたけど……それはそれとして、人使いは荒いほうらしい。

……あるいは。

私の脳裏に浮かんだのは、着替えのときに見た、円香さんの下着姿。

彼氏にだけお酒を飲ませないことで、自分を介抱させるつもりとか――

ワインレッドの高そうな下着に身を包んだ円香さんが、ベッドにしどけなく寝そべっている姿を想像してしまって、私は慌てて思考を切り替えた。義理とはいえ、親戚のそういうのを想像するのは何だか気まずい！

残された高校生二人、横断歩道を渡って、駅のほうへと歩いていく。

距離感は相変わらず。半歩詰めても、さして何か変わることはなく、会話も特に交わすことはない。

きっとこのまま、この半年と同じように、今日という日は終わっていくのだろう。

けれど……けれど。

このままではいたくないと、私は望んだのだ。

暁月さんがそれを応援してくれた。そして今日の水斗は……いつもとは、ほんの少し、違う気がした。

だから――だから。

大丈夫だ。

きっと――大丈夫だ。

「……ねえ」

今日という日に背中を押されて、私の喉から、声がこぼれる。

「私……あ、いや、私が今日着た服！　……かわい、かった？」

勝算はあるのだ。円香さんが撮ってくれたツーショット。あの写真が押さえたあの視線が、すでに水斗の本心を教えてくれている。

だから……たとえ、水斗がここで、憎まれ口を叩《たた》いたとしても――

「……別に、普通だよ」

ほらね。

素直になんて絶対に言わないんだから、こいつは――

「普通に、可愛かった」

――へ？

「え？」

「……あ」

水斗は慌てて口を塞ぎ、

「ちょ、ちょっと待て。待った。い、今のは言い間違って……」

「……言い間違って？　何と？」

「そ、れ、は――……ああくそ！　脳がバグった！　……慣れないことをさせるから……」

ぶつくさと言いながら、水斗は逃げるようにせかせかと歩いていく。

私もその背中を追いかけて足を速めながら、口元を緩ませた。

嬉《うれ》しい。

嬉しい。

嬉しい。

何よりも――あなたに褒めてもらえたことを、素直に嬉しく思えるのが、嬉しい。

――ねえ。

――私、好きだからね？

――あなたのこと、好きだからね？

言葉にせず、視線に乗せて、振り返らないその背中に送る。

今はまだ、伝わらないけれど。

いつか、きっと、……必ず。

◆　伊理戸水斗　◆

——いいか、伊理戸？　派手な行動に出る必要はねえ。いつもと言動を少しだけズラせ
大学から帰ってきた後、僕は川波《かわなみ》に言われたことを思い出していた。

結女の気持ちを確かめる。そのために、結女にアプローチをかける。

今日の外出はその絶好の機会だと、川波もいさなも主張してきたのだ。

——少しだ。少しでいい。いつもよりほんの少しだけ優しく！　いつもよりほんの少しだけ男らしく！　ただそれだけで、案外気になっちまうもんだ
——わかります！　特に水斗君は普段が塩対応すぎますから、ちょっと優しくなるだけでも大違いですよ！

——ったくお得だなあ色男！

そう、すべてはあの二人の指示。僕が自分の意思で結女にアプローチしたわけじゃない。

僕があいつのことを好きだなんてことは、もう二度と、ありえない。

……なのに——

——簡単だろ？　別に可愛《かわい》いとか言って褒めそやせとは言ってねーんだからよ
「…………言いすぎた…………」

痛恨のミスだった。

指示にないことをしてしまった。

そう——これは失敗だ。

今更、こんなことを言ったって、何の意味もないんだから。

◆　伊理戸結女　◆

「「かぁわいいーっ!!」」

翌日、サンプルとして撮った大正ロマン衣装の写真をクラスの女子たちに見せると、みんなすぐさま色めき立った。

特に暁月さんの反応がすごかった。

「かっ、かわっ、かわ、かわかわかわかわかわ…………!!」

「あっきーが壊れたぁーっ!!」

「ステイ。ステイやで南《みなみ》ちゃん」

ふんすふんすと鼻息が荒くなった暁月さんを、麻希《まき》さんと奈須華《なすか》さんが拘束する。さすがに身の危険を感じて、私は一歩後ずさった。

「いいなー！　うわー、いいなー！」「私も着たい！　……けど伊理戸さんほど似合う自信がない……」「マジでそれな！」

衣装の出来の良さゆえのことだとは思うけど、こうも絶賛されると私としても面映《おもはゆ》い。

……けれど、まだ本命は見せていないのだ。

もう一つの、もう一人の写真は、まだ見せていないのだ。

「というか、これに釣り合う男子、ウチにいる？」「書生風なんだよねー？　なんか頭良さそうな感じ」「そうそういないよね。そんな知的で、クールで、線の細い――」

口々に言いながら、徐々に徐々に、女子たちの視線はある方向に集まりつつあった。

集まる視線の先。

そこには、素知らぬ顔をして本を読んでいる、線の細い、学年でも屈指の成績を誇る男子の姿があった。

私は口元が緩むのを抑えきれなくなりながら、満を持して、もう一枚の――書生風水斗の写真をみんなに見せた。

「「「のわあああーっ!!」」」

ぶっ飛ばされるみんな。

謎の優越感で満たされる私。

自分の席で苦々しい顔をする水斗。

もう決定だった。

運営委員会に提出する資料の希望出し物の欄には、『大正ロマン喫茶』と記入した。

「そうかもな」

僕だってわかっていた。

綾井《あやい》には悪気なんてなかった。あったのは、僕のくだらない意地と嫉妬だけ。

それでも——耐えられなかったんだ。

君にそういう風に見られているかもしれないと思うと、どうしても許せなくなったんだ。

——あのね、伊理戸《いりど》くん
——クラスにね、本を読む子がいてね。その子に伊理戸くんのこと話したら——

勘弁してくれ。

君は怒ったじゃないか。僕が他の女子と、少し義務的な会話をしただけで。

その君が、どうしてそんなことを言う？

憐《あわ》れんでいるっていうのか？　自分に友達ができた、その途端に？

君も僕を——可哀想《かわいそう》だって言うのかよ。

——やめてくれ

——僕は、君の友達になんか、興味ないんだ

わかっている。わかっている。

言い方というものがあったんだ。

たとえどんなに裏切られた気持ちでも。君にだけはそんな風に接してほしくなかったって、そう思っていても。

綾井なりに、考えてくれたんだ。

仲がおかしくなるきっかけが友達なら、その輪に僕も入れてしまえば、きっと改善することがあるだろうと。

わかっている。わかっている。

わかっていたんだ。

僕は、自分を殺して、適当に誤魔化《ごまか》すべきだった。

言葉を選ぶべきだったんだ。

そんなの——頭では、わかっていたんだよ。

◆　伊理戸水斗《みずと》　◆

初めて入る会議室には、各クラスから選抜されてきた文化祭実行委員が、学年ごとに分

かれてずらりと席に座っていた。

ざわざわと会話がさざめき立ち、知り合いらしい者同士がクラスや学年を越えて集まっている光景も見受けられる。休み時間の教室と、さほど雰囲気は変わらなかった。

僕と結女《ゆめ》は、その弛緩《しかん》した空気に紛れるように会議室に入り、ホワイトボードで席順を確認しながら、一年七組の席に座った。

「(……なんか、意外と緩いわね)」

「(まあ、委員会と言っても、実際はジャンケンの敗北者の集まりだろうからな)」

「(言い方)」

文実なんて、進んでなるようなものじゃない。士気が低くて当然のことだ。特に今は教師の姿も見受けられない。下手をすると、委員会が始まってからも、このグダついた空気が続くのかもしれない——

——そう思っていたのは、彼女が現れるまでのことだった。

戸が開いた。

そして、先陣を切って、小柄な少女が会議室に入ってくる。

その瞬間だ。二年、三年の会話が一瞬で凪《な》ぎ、それに釣られて、一年生のエリアも静まり返ったのだ。

急速に緊張した会議室に、続いて男子が一人、教師が一人、足を踏み入れてくる。最初の少女を含めたその三人は、ホワイトボード前に用意された長机に腰を落ち着けた。

中心に座ったのは、先陣を切った少女である。

少女少女と言っているが、その理由はあどけない容姿にある。背丈は結女より低く、南《みなみ》さんよりは高いくらいか。ブレザーではなく、学校指定のカーディガンを着ていることと、左右で長さの違うアシンメトリーな髪型が印象的だった。

しかし、何より。

彼女の印象を決定づけるのは、小柄な体格には見合わない、圧倒的な存在感だった。もし仮に、目の前に太宰《だざい》治《おさむ》やアレクサンドル・デュマのような大天才がいたとしたら、こんな風に感じるのかもしれない――根拠もなくそう考えてしまうほどの、迸《ほとばし》らん限りのオーラがあった。

カチリ。

ホワイトボードの上の時計が、実行委員会の開始時刻を指す。瞬間、彼女が告げた。

「時間だ。座りたまえ」

鈴の転がるような少女の声なのに、それは凛《りん》としたたかに室内に響き渡り、立ちっぱなしだった生徒たちを、まるで軍隊のように素早く着席させた。

いい子だ、とでも言うかのように、彼女は微笑《ほほえ》む。

それから、薄い唇を開けた。

「まずは自己紹介をしよう。ぼくは二年七組の紅《くれない》鈴理《すずり》。生徒会副会長を務めている。こちらは会計の羽場《はば》丈児《じょうじ》。そして生徒会顧問の荒草《あらくさ》教諭だ」

彼女――紅鈴理副会長の左に座る男子が小さく会釈をし、右に座る荒草先生が「よろしく」と太い声で言った。

会計と紹介された男子――羽場丈児、だったか？　この短い間で名前を忘れてしまいそうになるくらい、存在感のない生徒だった。天パっぽい髪と野暮《やぼ》ったい眼鏡だけが、ギリギリ意識に引っかかる。副会長とはまるで逆だった。

「まず始めに説明しておこうか。我らが洛楼《らくろう》高校生徒会は、例年、文化祭が任期中最後の仕事となる。そのため、引き継ぎの意味合いを込めて、現職生徒会長は裏方に徹し、役員の中から指名された者が実行委員会を仕切る習わしとなっている。まあ――早い話が、一ヶ月後にはぼくが生徒会長になっているわけだ。覚えをめでたくしておいて損はないよ？」

次期生徒会長の軽口には、しかし誰も反応しなかった。

それよりも一同――特に一年生がざわついているのは、

「……ぼく……」「ぼく？」「ぼくって言った……」

一人称が、『ぼく』の女子。

自意識が迷走していた頃の結女を除けば、初めての遭遇だった。

紅鈴理の顔が、ゆるりと一年生のほうを向いた。それだけでざわめきは治まったが、副

会長はくすりと微笑んで、

「ぼくが女だからと遠慮することはない。そんなものは、ただの染色体の違いでしかないのだからね。男子も、女子も、それ以外も、気兼ねなく話しかけてくれたまえ」

堂々としたものだった。コンプレックスも自意識も、少しも滲《にじ》ませない。自分は当然のものとしてここにいて、誰に憚《はばか》ることもないと、佇《たたず》まいだけで宣言していた。

明らかに只者《ただもの》ではない……。そう思っていた僕に、隣の結女がこっそりと言う。

「（紅先輩は、二年のぶっちぎりの首席らしいわ。二年どころか、歴代全部含めてもぶっちぎり一位の成績だって）」

「（歴代って……ウチの卒業生って、確か政治家とか有名な学者とかがごろごろいるんだろう？）」

「（現時点ですでに東大も京大もA判定だとか）」

なんだそりゃ。下手な冗談みたいだな。

……本物の天才、か。

あの人にご足労願えたら、いさなに下手な小説を読ませる必要はなかったかもしれないな。

「さて。自己紹介も済んだところで、早速だが本日の議題に移ろう。先日、諸君に提出してもらった出し物希望についてだが――」

　副会長が話し始めると、最初のグダついた空気は一片も残らず消えた。

　その威風堂々とした居住まいに、僕はどうしようもなく遠いものを感じたけれど……隣の結女は、その姿を見る目に、どこか憧れを含ませているように見えた。


「やっぱり被《かぶ》ったかぁー」

　教室に戻り、僕たちは南さんと委員会の内容を共有した。

　南さんとは、出し物が他クラスと競合したときに発生するプレゼンで、発表者をやってもらう約束になっている。……そう、彼女の出番が来ることが確定したのだ。

　コスプレ喫茶は五クラス競合。文化祭実行委員長であり、運営委員の一員でもある紅鈴理副会長は、これをプレゼンによって二クラスに絞ると宣言したのだった。

　予想されていたことなので、特に驚きはない。けれど告げられた日程が思ったよりもタイトだったので、急いでプレゼンの内容を詰めなければならない。

「プレゼンって、あたしは原稿読むだけでいいんだよねー？」

「一応、内容はこっちで決めるつもりでいたけど……。そうよね？」

「面倒だけど、そのほうが早そうだ」

　クラスの人気を一身に集めている誰かさんに、もう少し頼りがいがあればいいんだけどな。

「どういうとこを推せばいいのかなー？　結女ちゃんがすっごい可愛《かわい》いです！　とかー？」

「暁月《あかつき》さん……それはちょっと……」

「そもそも当日は文実の仕事でクラスにはそんなにいないだろ。虚偽広告になる」

「じゃあどうすんのさ！」

「まあ普通に考えたら、まずは企画のインパクト。……だけど、それ以上に重要なのは、模擬店を適切に運営できるかどうかだろうな。運営委員会からしたら、無謀なことをやろうとしてトラブルを起こされるのが一番嫌だろうし」

「それもそうよね……。それじゃあ、メニューを簡単なものに設定するとか？」

「もちろんそれも必要だろうけど、単に手抜きをしてるだけとも取れる。だから、押し出すべきはトラブル対策の徹底だろうな」

　南さんがことりと首を傾《かし》げ、

「トラブルって、例えば？」

「そりゃいろいろあるだろうし、飲食店勤務の経験がない僕たちじゃ想定にも限界があるだろうが……一番ありそうなのは、ナンパじゃないか？」

「うわ、ありそー。招待制だけど外の人も来るし。……よし、『ナンパしたら殺す！』って貼り紙を教室中に貼っとこう」

「それだと店内の雰囲気を損ねるぞ。それに『ナンパじゃなくて話しかけてるだけ』みたいな言い逃れを許す可能性もある」

「そんな言い訳をする馬鹿は、女子全員で取り囲んで圧をかければ！」

「それを説明するのか？　生徒会とＰＴＡのお歴々の前で？」

「うあーっ！　めんどいーっ！」

　実際、模擬店内はこっちのホームグラウンドだ。数の利を用いて悪質なナンパを追っ払うという手もナシではないだろう。問題はそれで運営委員の心証を良くできるかどうかだ。

　うーん、と三人で雁首《がんくび》揃《そろ》えて悩み込む。やっぱり経験がないと難しいな……。

「とりあえずシミュレーションしてみたらどうだ？」

　急に口を挟んできたのは、別のところにいた川波《かわなみ》小暮《こぐれ》だった。

　僕たちの話を盗み聞きしていたのか。まあ今更驚くようなことじゃないが。

　その軽薄な顔を見て、僕は言う。

「なんだ、シミュレーションって」

「実際ナンパに遭ったらどう対応するか。演技でも実際にやってみたら、何かいい案が思い浮かぶかもしれねーじゃねーか」

「は？　ナンパの演技って――」

「いいねー！　それっ！」

食い気味に南さんが乗ってきた。

なんだ？　いつもは川波の言うことには、二言目には文句をつけるのに——

「練習は必要だよ！　結女ちゃん、ナンパなんかされたことないでしょ？　事前に身内で練習しておけば、本当にされたときも安心だよっ！」

「え？　え？　身内って……」

「おー、そうだぜ。身内で練習しとけ。それなら気楽にやれるもんな。なあ伊理戸？」

川波に水を向けられ、結女の目がちらりとこっちを向く。

なんか妙なことになってきた。

流れを止められないでいるうちに、南さんがぐいぐい押してくる。

「ほら、伊理戸くんっ！　やってみて！　適当でいいから！」

「適当でって——」

演技とはいえ、ナンパなんてどうすればいいんだ。

戸惑っているうちに、結女は待ち構える態勢になっていた。僕に正対して、膝の上で手をぎゅっと握っている……。ええい、乗せられやすい奴《やつ》め！　こうなったら僕だけボイコットするわけにはいかない。

くそ……。ナンパ？　どんな風に話しかけるんだ？　漫画やライトノベルでは大概、ナンパといえば軽くて馴《な》れ馴れしくて失礼な話し方をするイメージだが、実際に街中で見かけたことのあるナンパは、普通に敬語を使って話しかけてたような気がするな……。

「……行くぞ？」

「ど、どうぞ？」

むやみに緊張しつつ、僕は頭の中で構築したナンパを開始した。

「どこから来られたんですか？」

「え、えぁーっと……」

「ご趣味は？」

「そ、その……」

「今日のお召し物は――」

「お見合いか!!」

南さんが勢い良く割って入った。

なんだ。せっかく望み通り演技してやってたのに。

「そんな微妙な距離感のナンパがあるかあ！　何!?　『どこから来られたんですか？』って！　面接!?」

「ナンパと言えば『どこ住み？』じゃないのか？」

「丁寧にするな！　結女ちゃんもこのくらいでキョドっちゃダメ!!」

「だ、だって……！　そんなに言うなら暁月さんがやってみてよー!!」

「えー？　あたし？」

「それもそうだ。文句を言うくらい一家言あるなら、自分でやったほうが早いだろ。だよな、川波？」

「オレが男役かよー……」

当たり前だ。言い出しっぺの法則というやつを知らないのか。

「やれやれ……。仕方ないなあ。じゃあお手本を見せてあげるよ。参考にしてね？　ほら、川波！」

「はいはい……」

川波は面倒《めんど》そうに返事した直後、くるりと表情を変えた。

「なあなあ君！　めっちゃ可愛くね？　良かったら連絡先教えてくんねーかな？」

「ん〜、どうしよっかな〜。既読無視とかしない？」

「しないしない。オレ即レスだからマジで」

「え〜？　即って何秒？」

「二秒とか？」

「二秒？　二秒だね？　二秒って言ったよね？　聞いたからねあたし。二秒以内に返してね？　ご飯中でもトイレ中でもお風呂中でも二秒以上かかったらダメだよ？」

「え、いや」

「返してくれるまで送るからね？　いつまでも何度でもいつまでも何度でも絶対に絶対に絶対にやめないからね？　わかってるよね？　嘘《うそ》つかないよね？　裏切らないよね――？」

「――おぶ」

調子のいい軽薄な笑顔が次第に青くなっていき、川波はついに手で口を押さえた。

「おい、大丈夫か？」

「……ちょっとトイレ……」

そして退散していくナンパ男、もとい川波小暮。

南さんはその背中を唇を尖《とが》らせて見送り、

「相手する気もないくせにナンパすんなバーカ！」

「……私、既読無視しないようにしよ……」

「実際、有効ではありそうだな……」

代わりに別のコンセプトの喫茶店になりそうだが。

「もしナンパされたとしたらどう切り抜ける？」

放課後。図書室のいつもの場所で合流したいさな（この呼び方、まだ慣れないな）に、僕はとりあえず質問してみた。

　いさなは本から顔を上げると、きょとんと目を丸くして、

「え？　ナンパ？　食べられるんですか、それ？」

「平和な世界で生きているようで安心するよ」

「冗談はともかく――まあ、逃げますね。たぶん」

だろうな。無言でわたわたした後、ピューッと逃げ去っていく姿が目に浮かぶようだ。

「ある意味、一番真っ当な対応だな。でも、接客中に逃げるわけには――いや……？」

女子が厄介な客に当たったら、すかさず男子に交代するというのは悪くない手だ。が、どっちにせよ、いったんは穏便に逃げる必要があるが……。ベストはナンパそのものを予防することなんだよな。

「ラノベや漫画だと主人公が颯爽《さっそう》と助けに来てくれるんですけどねー。生憎《あいにく》とわたしの人生は主人公不在なので」

「僕はあれ、あんまり好きじゃないけどな。主人公を立てるためだけに世界が陳腐にされてる感じで」

「手軽に王子様とお姫様気分になるにはちょうどいいイベントじゃないですか。水斗君はそういうご都合主義っぽいところ気にするタイプですよね」

「ストーリーを盛り上げるためのご都合主義なら別にいいけど、ナンパイベントはいろん

なところで見すぎてまったく盛り上がらない」

「厳しいですねえ。ラブコメのイベントなんて、いいものは何度擦《こす》ってもいいんですけどね。それじゃあ水斗君的には、どういうナンパが陳腐じゃないんですか？」

「……、これは、あれか？　実際にやってみる流れか？」

「うぇへへ。なんか漫才の導入みたいですね」

一日に二回もこんな真似《まね》をすることになるとは。

丁寧に行くとお見合いかと突っ込まれた。確かに物腰柔らかな相手ならそもそもトラブルにはならない。この場合、想定すべきは相手の迷惑を考えない、ぐいぐい来るタイプのナンパなのだろう。とすると……。

「なあ」

「あ、はい。始まりました？」

「お前、一人で暇そうだな。ちょっとついてこい」

「え～……別に暇じゃないですしぃ……」

「知らん。僕に口答えをするな」

「えっ……まさかのオレ様系……？」

「僕の誘いに乗れないって言うのか？」

「あ、あのう……ちょ、ちょっと都合が、その、まずいというか……」

「何がまずい？　言ってみろ」

「……あ！　これ違います！　オレ様系じゃなくてパワハラ上司です！」

満更でもなさそうに挙動不審になっていたいさなが、急速に我に返ってしまった。

僕も精一杯出してみたオラついた空気を引っ込めて、

「難しいもんだな……」

「いやいや才能ありますよ水斗君！　今度は手首を掴《つか》んで、こう、ぐいっとしてみてください！　恋愛映画の予告でよく見る感じに！　早く！　早く！」

「君が厄介客になってどうするんだ」

自分からぐいぐい来るいさなを押しのけながら、僕は嘆息する。

「本物の厄介客は、こんな程度じゃないんだろうな……」

「厄介な男になりきれない辺り、根っこのところで人がいいんだろうなって感じて、わたし的にはポイント高かったですよ？」

「そりゃどうも」

「本物はもっとセクハラじみたことを言ったりするんじゃないですかねー。『おっぱい超でかくない？　揉《も》んでいい？』みたいな」

「それは君が僕に言われてみたいだけだろ」

「で、できればお家《うち》に行ってから……」

「脳内で勝手に会話を進めるな」

　セクハラか。まあ確かに、それも想定されるトラブルの一つではある。

「ところで、なんでナンパ対策なんて考えてるんです？　結女さんとデートでもするんですか？」

「違う。模擬店のトラブル対策だよ。できれば事前に予防するのがベストなんだが」

「ふぇえ〜。なんだか難しいことを考えてますね」

「いさな。君は今まで、世の中のいろんなことを回避して生きてきたと思うが……」

「なんですかその決めつけは！　何を知ってるんですか何を！　そうですけど！」

「いつ、どこから来るかわからないトラブルを避けようと思うとき、まず何をする？」

「そんなの決まってますよ」

「ん？」

「攻略ウィキを見ます」

「…………ゲームの話じゃないんだが？」

「ゲームくらいでしかエンカウントしませんよ！　そんなトラブルなんて！　わたしの人生経験の薄さを舐《な》めないでください！」

　訊《き》いた相手が悪かったか。攻略ウィキというと、ユーザーがゲームの攻略情報を持ち寄って作るサイトのことだろう？　現実にはそんなもの——

「――……いや……？」

不可能じゃないんじゃないか……？　文化祭という限定条件下ならば……。

「……いさな。君は僕にとってのお助けキャラだ」

「あんまり褒められてる気がしないんですけど！」

「お礼にさっき言ってたやつをやってやろう」

「えっ？」

「ぐいっ」

「ひゃうわっ⁉　あうあうあうあうあぁ～……‼」

アイデアは出た。あとは防御を固めるだけだ。


『よう、伊理戸。ご所望のもん手に入れたぜ。写真に撮ってＬＩＮＥで送った』

「助かる。一応明日、実物も見せてくれ」

『いいけどよ。何に使うんだ、こんなもん？』

僕は川波との通話を繋《つな》いだまま、送られてきた画像をチェックする。

写真に撮られているのは、去年の文化祭の一般入場者用の招待状。そして入場者名簿だ。

前者は去年、文化祭に入場した外部の人間なら誰でも持っているが、後者は学校が管理しているもののはず……。頼んだのは僕だが、よく手に入ったな。

「一般入場者は、入口の受付で招待状を提示して、入場者名簿に記名する決まり。そうだな、川波？」

『おう。言っとくが、名簿に記名された名前すべてを調べるってのは無理だぜ？　この画像だって、余った用紙をたまたま持ってる先輩がいたから手に入っただけでよ』

「いや、大丈夫だ」

　重要なのは記名された名前ではなく、用紙上部に記載された注意書きである。

　校内で起こしたトラブルは自己責任であることや、学校の広報や適切な管理運営を目的として校内の撮影を行っていることなどが記述されている。この紙に記名することで、これらに同意することになるわけだ。

　招待状の側にも同じ記載がある。今年になって急にこの文面が変わることはないだろう。

「問題なさそうだな……」

『何を企《たくら》んでんだよ、伊理戸？』

「別に」

　僕は読みかけの本を手に取った。

「面倒なタスクを、一つ片付けただけだ」

一冊本を読み終えると、もう深夜になっていた。

そろそろ歯を磨いて寝るかと部屋を出る。父さんも由仁《ゆに》さんも、そして結女も、いつもならとっくに寝静まっている頃おいだ。だから音を立てないよう、静かに階段を降りようと思ったんだが――

光が漏れていた。

隣の、結女の部屋のドアが、少しだけ開いて……室内の光を、廊下に漏れさせていた。

誘われるようにして、僕はドアの隙間に視線を滑り込ませる。

結女が、机に向かっているのが見えた。

真剣な顔で、教科書でも小説でもない本を覗き込み、ノートに何かメモを取っているのが見えた。

……資料集めだ、とすぐにピンと来る。

僕がトラブル対策を担当している一方で、結女は企画の詰めを担当している。メニューや内装に大正時代らしい要素を付加すれば、大正ロマン喫茶はより魅力的な企画になるだろうと、当時の風俗について調べることになったのだ。

図書室から参考になりそうな本を見繕っていたのは知っていた。

けれど、……ほぼ押し付けられたに等しい仕事のために、こんな深夜まで根を詰めているとは――知らなかった。

……一見、美談のようだけれど、そうじゃない。

寝ないことで結果を出そうとするのは旧時代のやり方だ。体力測定のときを例に出すまでもなく、無理をして失敗したことなんて何度もあるくせに、この期に及んで同じ轍《てつ》を踏もうだなんて、見過ごせはしない。

僕は隙間の空いたドアを完全に開くと、コンコンとそれをノックした。

「――あ」

結女は気付いて、こちらを見て、

「……起きてたの？」

「そっちこそな」

まるで自覚のない様子に、僕は内心呆れつつ、

「真面目なのはいいが、睡眠時間を削るのは控えろ。前にそれで倒れたのを忘れたのか」

最大限に嫌味《いやみ》っぽく言ってやったはずだが、結女はくすりと薄い笑みを返してきた。

「心配してくれるの？」

「誰が尻拭いすると思ってる？」

「あなたの手間を増やせるのなら、倒れるのもアリかもね」

そんな身体《からだ》を張った嫌がらせがあるか。

結女はくすくすとおかしそうに笑う。

「大丈夫。もう寝るから。キリのいいところまでできそうだし」

「そうかい」

「あなたは？　トラブル対策のほう、進んでる？」

「もう終わった」

「え？」

驚いてぱちくりと目を瞬《しばたた》く結女から、僕はなんとなく視線を外した。

「材料は揃《そろ》った。あとは原稿に起こすだけだ」

「テスト勉強のときといい……羨ましいわ。その踏ん切りを付けられる性格」

「学校のことにばかりかかずらっていられるほど、僕は暇じゃないんだ」

「それって普通、逆じゃない？」

「逆じゃない。僕はな」

僕の生活は、学校が中心じゃない。本を読んでいる時間が中心なんだ。君と違ってな。

「ふうん。……まあ、仕事が早いのはいいことよね。内容も、どうせ変なアイデアなんでしょう？　運営委員会の人たち、どんなリアクションをするかしら？」

「どうでもいいよ」

心の底から。

もう用はあるまいと、僕は階段のほうに足を向けた。……が、その前に一つだけ、言っておかなければならないことがあったのを思い出した。

「なあ」

「ん？　何？」

「トラブル対策の話。もし好評だったら、君が考えたってことにしといてくれ」

「……、は？」

また驚いて、結女は目を瞬く。

けれど今度は、驚きの質が違う気がした。

怪訝《けげん》――そして、反感。

僕はそれに気付きながらも、結女の部屋を離れる。

「ちょ――ちょっと待って！　どういうこと⁉」

僕は階段を二段ほど降りると、振り返って唇の前に人差し指を立てた。一階では父さんたちが眠っている。

結女は慌てて口を閉じて、今度は抑えた声で、

「（……どういうこと？　なんであなたの功績を私に――）」

「（めんどくさいからだよ）」

それだけ言って、僕は階段を降りていく。

寝ている父さんたちを気遣って、結女は追いかけてこられない。

だから僕は安心して、真っ暗な一階に潜っていくことができたのだった。


プレゼンの日。授業を終えた後、僕と結女は円香《まどか》さん経由で借りた衣装に着替え、南さんを伴って教室から視聴覚室へと移動していた。

「いやー、大好評だったね！　これなら余裕でいけるよ！」

「……ちょっと持ち上げられすぎて、逆に現実感ない……」

「ホントに可愛《かわい》いって！　自信持って！　持たないと怒るよ！」

「なんで怒るの……」

「まあ、結女ちゃんだけじゃなくてね。伊理戸くんもね。この出来だから。素直に褒めるのはちょっと複雑だけど！」

「どうも」

あまり騒がないでほしいものだ。袴《はかま》で校内を闊歩《かっぽ》するというだけでも注目を浴びてしまうんだから。不幸中の幸いは、すでに放課後ゆえ人気《ひとけ》が少ないことだけだ。

……僕はともかくとして、実際、結女の出来は悪くない。客観的に見て、長い黒髪や落ち着いた面立ち、華奢《きゃしゃ》な体格が、和風の衣装にマッチしている……と思う。まあ、クラスの女子全員がこのレベルで似合うわけではないから、誇大広告じみているとは思うが、インパクトでは及第点だろう。あとは——

「（——南さん）」

僕はさりげなく南さんに耳打ちする。「ん？」と南さんが振り返った。

「（一つ、お願いがある）」

「（え？　何？　珍しいね）」

「（トラブル対策の発案者について訊《き》かれたら、僕じゃなくて結女だと答えてくれ）」

「（……ええ？）」

結女と同じ反応だ。怪訝そうに眉をひそめる南さんに、僕は説明を付け加える。

「（感触が良かったときだけでいい。悪かったときは、僕に責任を被《かぶ》せてくれ）」

「（何それ？　有能なのを隠して俺ツエーってやつ？）」

「（ことさらに威張りたくないだけだ。面倒も増えるだろ。結女にも話は通してある）」

話が少し聞こえたのか、結女がちらりとこっちを振り返る。

まあ、通してあるというか、一方的に話しただけだけどな。どうも結女は不満そうに見えるが、僕はとにかく、功績を公に残したくないのだ。

「（……ま、いいけどさ、あたしは。訊かれたらでいいんだよね？）」

「（ああ。頼んだ）」

これでよし。気楽に傍観者としてプレゼンに臨むことができそうだ。

視聴覚室に到着する。

扉を開けると、薄暗い室内は、なかなか異様な雰囲気に包まれていた。

他のクラスも、当日使うつもりだろう衣装を纏《まと》って集結していたのだ。お化け屋敷を希望するクラスはゾンビを模したメイクをしてるし、脱出ゲーム希望のクラスはムンクの叫びのようなおどろおどろしい仮面を被っている。まず見た目でインパクトを——考えることはみんな同じか。

コスプレ喫茶を希望する他の四クラスも同じだった。その姿を見れば、競合相手がどういう企画を持ってきたのかわかる。四クラス中、二クラスがメイドと執事の格好をしている。予想通り、ここは被った。残りの二クラスは、ファンタジーアニメっぽい格好と……もう一つは、なんだ？　ドラキュラ？　トマトジュースしか出てこなそうな喫茶店だな。

予想外のクラスもあったが——問題ない。

華やかな大正ロマン衣装に身を包んだ結女が入ってきた途端、視線が一気に集まったのがわかった。

やっぱり、この衣装は目に明らかな華がある。男女問わずにこうも視線を集めるんだから、企画選びに関しては正解を引いたと言っていいだろうな。

「（……見られてるの、私だけじゃないんだけどね……）」

「（伊理戸くんって、自分に関してめちゃくちゃ無頓着だよね）」

注目を集めながら、割り振られた席に移動する。

ざっと見回した感じ、審査員である生徒会やＰＴＡの面々はまだ来ていないようだ——

と、思っているうちに、入口の戸が開く。

先頭を歩くのは、やはり生徒会副会長・紅鈴理だ。

その圧倒的な存在感に、場の空気が引き締まる——だけでは、済まなかった。

誰もが、息を呑《の》む。

紅鈴理。見た目だけなら小柄な少女でしかないその姿に、視線という視線が奪われた。

コスプレだ。

紅鈴理は、軍服風のコスチュームに身を包んで現れたのだ。

軍服のジャケットを模したデザインのゴスロリワンピース——それは、威風堂々たるカリスマ性とフェミニンな魅力を兼ね備えた彼女には、まさに誂《あつら》えたように似合っていた。

「（可愛い……）」

結女が思わず呟《つぶや》く横で、僕は『食えない人だな』とこっそり思う。

つまりあれは、こういうことだろう？

——このくらいは超えてくれないと困るよ、諸君。

他の審査員を最前の席に座らせ、紅副会長だけが、スクリーン前の演台に立った。

「さて、諸君」

手にしていたステッキを、カッ、と演台に打ちつける。まるで本物の軍人のようだった。

「文化祭は、当校が重要視する教育行事の一環である。その目的はひとえに、キミたちの能力を養うことにある。能力とは何か？　答えは簡単だ。なりたい何かになる技術——理想に手を伸ばす力。それをこそ、人間の能力と呼ぶのだとぼくは思う」

堂に入った演説が、静かな視聴覚室に響き渡る。

「完璧でなくてもいい。理想を見せてくれたまえ。キミたちが求めるものがどんなに素晴らしいか。どうやってそこに辿《たど》り着くつもりなのか。キミたちが思い描く理想を見せてくれさえすれば、当校は惜しみのない支援を約束する」

およそ高校二年生とは思えない、超然とした微笑《ほほえ》みを湛《たた》えて、副会長は宣言した。

「——では、早速始めようか」

「この分野には明るくなく、素人質問で恐縮なのだが」

プレゼン一組目——メイド喫茶のクラスのプレゼンが終わると、早速副会長がマイクを取った。

「メイド喫茶と一口に言うが、これはどのメイドを志向した喫茶店なんだい？」

「え？」

「メイドと言ってもクラシカルなものからアキバ系まで様々だ。店内の内装の説明から察するにアキバ系をイメージしているようだが、衣装はスカートが長く装飾の少ないヴィクトリアンスタイル。少々ちぐはぐな印象は否めない。これはＰＴＡウケを気にしてとりあえずスカートを長くした……と考えて結構かな？」

矢継ぎ早に飛び出した攻撃に、プレゼンターはしどろもどろになることしかできなかった。

うわー、と南さんが呻《うめ》く。僕としても、この展開は意外だった。まさかこんなに深く突っ込んでくるとは。

「（ね、ねえ伊理戸くん……！　あたし怖くなってきたんだけど！　大丈夫だよね⁉　原稿通りに喋《しゃべ》ればいいんだよね⁉）」

「（……大丈夫だ。あのくらいの質問なら）」

とは答えるものの……あの副会長は相当の曲者《くせもの》だ。こっちの想定を見抜いて、あえて予想外の質問を放ってくる可能性もある——

続く二クラスの発表が、やはり副会長の質問連打でボロボロにされ、ついに僕たちの番がやってくる。

「――このように、喫茶店という空間を通じて、現代に通ずる大正時代の文化に触れていただくことをコンセプトにしています」

序盤は順調だった。

さっきあんなに騒いでいた割には南さんの発表は落ち着いていて、早すぎず遅すぎず、聞き取りやすい発音でお手本のようだ。審査員はみんな――胡散臭《うさんくさ》い笑顔を浮かべる副会長と、存在感のない会計以外――鹿爪らしい顔でメモを取っている。

僕は結女と共にモデルとして脇に控えながら、手応えを感じていた。

結女が夜遅くまでやっていた時代考証は、企画の精度を何段階も上げた。大正ロマン喫茶がいかに文化祭という行事に相応《ふさわ》しいかをアピールする強力な武器となった。空回りしがちなこの女のマメさが、珍しく功を奏したと言えよう。

他のクラスのプレゼンと比べても、圧倒的に『ちゃんとした』企画だ。傍《はた》から見ても、僕らの企画が通るのが正当だと思えるくらいには。

何も問題がなければ、審査員は僕らの企画を採用するだろう。

そう――何も問題がなければ、だ。

それを潰すのが、今回の僕の仕事だった。

「次に――模擬店の運営に際して発生すると思われる、トラブルの対策について、お話ししたいと思います」

南さんがそう告げ、スクリーンのスライドが変わった途端、審査員の表情が変わった。

トラブル対策。

ここまでのプレゼンでは、そこまで踏み込んだものはなかったからだ。

「当日は一般の方も来場されるため、接客中の当クラス生徒に対して、過度なお声がけをされる事案が発生する可能性があります。基本的に、このような入場者様には、アルバイトでの接客経験があるスタッフが対応して参ります――問題は、このような入場者様を事前に把握することが難しい、という点です。そこで私たちは、こちらのシステムを提案します」

スライドが変わる。

それを見た瞬間、審査員のみならず、プレゼンに出るため集まった生徒たちまでもがざわつき始めた。

「文化祭期間中、当校内でトラブルを起こした入場者様の風体を、クラウドでリアルタイムに共有し、各クラスでの素早い対応に役立てる、というものです。こうすることで、事後的な対応になることなく、トラブルの発生そのものを抑止できるものと思われます」

まさしく、攻略ウィキだ。

厄介な入場客がどんな姿で、どこにいて、どうすれば大人しくなるか。現代のＩＴ技術と、今や誰でも持っているスマートフォンを使えば、無料で簡単にそれらのデータベースを構築することができる。個人ではなく、クラスでもなく、全校が協力して個々のトラブルメイカーに対処できる――これがいさなからヒントを得て着想したトラブル対策だった。

もちろん、瑕疵《かし》のあるアイデアだ。

だが、むしろ、そこでどれだけ戦えるかが、このプレゼンの成否を決める。

「私たちの発表は以上です。ご質問はありますでしょうか？」

南さんがそう告げると――やはり、すぐに動いた。

生徒会副会長、紅鈴理。

当校きっての天才がマイクを取り、壇上の南さんに向かって口を開く。

「トラブルメイカーを全校でリアルタイム共有し、トラブルの発生を未然に防ぐ――なるほど素晴らしい案だが、運用面で二、三、不安があるとぼくは思う」

「なんでしょうか？」

南さんはすぐに切り返した。大丈夫だ。彼女は原稿を読むだけでいい。

「まず、接客に遅滞が生じるのではないかという不安がある。入場者が問題ある人物かどうか、チェックしてから接客をすることになるのだろう？　タスクが一つ増える分、現場の負担も増えることになる。元より練度の低い模擬店で、そこまでのオペレーションを求めていいものかどうか、少々躊躇《ためら》うものがある」

「えーっと……」

　南さんはぺらぺらと原稿をめくった。僕が作った質問対応リストから答えを探しているのだ。隣の結女は、はらはらした不安そうな顔でそれを見守っていた。

「……あ。その点には対策を設けています！」

「というと？」

「席数を少し絞ります。そうすることでスタッフの負担を減らせます」

「ふむ。妥当な対策だが、それでは入場者が殺到した場合、長い待機列を作ってしまう。その点については？」

「待機列は、あえて作ります」

「……あえて？」

「待機列を作ることで、事前に要警戒人物をチェックすることが可能です。待機列が一定の人数を超えた際には、滞在時間に制限を設け、回転を早めます」

「一石二鳥――いや、一石三鳥というわけか。行列は人を呼ぶというからね。客をあえて待たせるという点にはリスクがあるが、なかなかクレバーな案ではある……」

　審査員が唸《うな》る。

　しかし、副会長の攻勢は止まらなかった。

「では次の懸念点を言おう。この案では、一番最初のトラブルを防げないのではないかな？　トラブルを起こした者をマークして警戒する、という方法である以上、必ず最初に一人は人柱が生まれてしまう。その点については許容する、という理解でいいのかな？」

そこまで突いてくるか。それは仕方がない、と妥協することもできるが、

「……いいえ。それについても対策があります」

「ふうん？」

「例年、一般入場者は正門の受付で招待状をチェックし、名簿に記名をしていただく決まりになっていたかと思います。その受付で、空気に当てられて浮ついている方や、受付担当者に対して横柄に接する方などを事前にマークします」

「ふむ。よく調べているね。確かに、招待状をチェックする受付は毎年設けている。不可能ではないと思うが——その基準だと、大量の人物が要注意対象として挙げられることになる。そのすべての容姿・特徴を、現場の生徒に覚えさせるというのかい？　データベースへの記入の手間も膨大になると思うけど？」

「いえ、覚える必要も、記入する必要もありません」

「うん？」

「全員、写真に撮ります。当校の文化祭を訪れた記念として」

「……ほう」

副会長の目つきが鋭くなり、口の端が微《かす》かに吊《つ》り上がった。

まるで、獲物を見つけたかのような。

南さんはそれに気付かず、僕が用意した返答を読み上げ続ける。

「受付で入場者全員の写真を撮り、素行に問題がありそうな方は、髪型や体格などで分けてデータベース化します。これにより迅速な選別が可能です」

「それはつまり、まだ何の罪もない入場者を騙《だま》してブラックリストを作るという意味でいいのかな？」

「騙すことにはなりません」

「なぜだい？」

「元から、当校の広報や適切な管理運営を目的として、文化祭中の校内は撮影されています。一般入場者も、名簿にサインすることでそれに同意しています。これは学校新聞やホームページ上で使用することはもちろん、カメラの存在を意識させることでトラブルの発生を抑止する方策であると、私たちは考えています。私たちの提案は、あくまでその延長線上にあるものでしかありません」

副会長と会計以外の審査員は、その答えに目を丸くした。

川波を通じて去年の招待状と名簿を手に入れたのは、それを確認するためだ。人の風体を共有するのに一番手っ取り早いのは写真。だが勝手に撮るのは問題になるから、許可を取っていると見做《みな》せる理屈が欲しかった。

ホームページを見れば素顔が思いっきり写っている写真がいくらでもあったから、どこかで言質を取っているのはわかっていたものの、それは飽くまで広報の話。風紀の維持に写真を使う大義名分を与えるものじゃない。

その問題を解決してくれたのが、入場者名簿の『適切な管理運営』というワードだった――それを見た瞬間、僕はこのアイデアが少なくとも理屈としては成立することを確信したのだった。

「ふふ。……詭弁《きべん》めいたことを言うじゃないか」

だが、筋は通っている。

副会長の鋭い視線に射抜かれても、南さんは堂々としていた。肝が据わっている。プレゼンターを結女にしなくて本当によかったな。

「話はわかった。なるほど、瑕疵は潰してあるようだね――けれど、これは一クラスだけで構築できるシステムじゃない。どちらかといえば運営委員会の領分だ――学校側がゴーを出すかはわからないが、飽くまで一案として受け取っておこう」

「ありがとうございます」

充分だ。実際にこのシステムが採用されるかどうかは問題ではない。僕たちがトラブルに対して、ここまで考えているのだと伝えることが重要なのだ。

どうやら、山場は越えたみたいだな……。

僕は小さく息をつく。考えすぎるくらい考えておいてよかった。あの奇妙な副会長なら、普通突っ込まないところまで突っ込んでくるんじゃないかという気が、なんとなくしていたんだ……。

「最後に一つだけ訊《き》きたいのだが――」

そのとき僕は、副会長がまだマイクを手放していないことに気が付いた。

「――この対策案を考えたのは、誰なのかな？」

「あ、それは――」

南さんが結女に視線を振り向ける。彼女の名前を言うために。

そうだ。その質問も、僕は予期していた。だから先に潰しておいたんだ。

僕にとっては、余計な光は、ただ鬱陶しいだけ。

僕は影に紛れる準備をした。結女に当たる大きな光の、その影に。その影の中こそ、僕にとっての安寧の地だった。

南さんが、結女の名を告げる――

寸前に、

「伊理戸水斗です！」

　結女が身を乗り出しながら叫んだ。

　僕は唖然《あぜん》として、隣の結女を見た。そんな僕の背を、結女が軽く押し出した。

「彼が――考えました」

　なっ、何を……何を考えてるんだこの女！

　南さんが『ほらね』と言わんばかりに苦笑する。わかっていたのか、こうなることが。

なんで……？　なんでだ？　せっかく自分の功績になるのに――

　否定する時間はなかった。

　副会長の目が僕に向いた。

「キミかい？」

　こうなったら……観念するしかない。

「……思いついただけですが」

「ぼくには好きな言葉があってね」

　不意に始まった話に、僕は軽く眉根を寄せる。

「『マリオ』の産みの親として知られる、任天堂の宮本《みやもと》茂《しげる》氏の言葉なんだが――曰《いわ》く、

『アイデアとは、複数の問題を一気に解決するものである』。実に明快な定義だとは思わないかい？」

　……何が言いたいんだ？

意図を測りかねる僕に、副会長は続ける。

「キミの案は、『スタッフの練度の低さ』『集客手段』『トラブル対策』、これら三つの問題を一気に解決するものだ。有効かどうかは検証が必要だが——これは、紛れもなく『アイデア』だ。……知っているかな？　英語の『idea』を形容詞の『ideal』にすると、『理想の』という意味になるんだよ」

……理想……。

「ありがとう。キミの理想を、見せてもらった」

そう言って、副会長は拍手をした。

それに釣られて、他の審査員たち、順番待ちの生徒たちも拍手を始めた。

誰もが——僕に向かって。

結女と南さんが、手を取り合って喜んでいる。ああ、そうだな。プレゼンは成功したも同然だ。喜ぶのも当然だろう。

だけど——だけど。

僕には、響かない。

どれだけ拍手を送られても、この胸には少しも響かない。

理想、理想——理想、か。

僕には、そんなもの——少しも見えちゃいませんよ、副会長。

　コスプレ喫茶の出店を許されたのは、僕たち一年七組と、その後に発表したもう一つのメイド喫茶に決まった。

　どうやらクラスに恐るべきメイドオタクがいたらしく、文化史におけるメイドの立ち位置を滔々《とうとう》と語り、メイド喫茶がいかに文化祭に相応《ふさわ》しい出し物であるかを熱弁したのだった。

「いよっしゃあーっ！」「マジナイスすぎ！」「上級生に勝ったの⁉」「すげー！」

　教室に結果を持ち帰ると、同級生たちは僕たちを称賛した。

　結女と南さんははにかみながらそれを受け入れ、一緒に喜んでいる。僕が副会長に褒められたという話もなぜか伝わっていて、「やるじゃん！」「さすが！」といった褒め言葉の濁流に、僕は押し流された。

　同じ目的のために団結し、成功すれば手を取り合って喜び、功労者を労《ねぎら》う。

　これが、俗に言う青春ってやつなのだろうか。

　だとしたら――

　褒め言葉の攻勢が一通り済んだところで、結女がそれとなく近付いてくる。

　そして、言うのだ。

秘密を打ち明け合うように微笑《ほほえ》みながら。

「たまには悪くないでしょ、こういうのも」

そのとき、僕が思い出したのは、過去のことだった。

仲がギクシャクしていた頃、君が歩み寄ろうとしてくれて、僕は棘《とげ》のある返事をしてしまって。

だから――

「……そうかもな」

僕は、まったく心にもないことを言った。

そのくらいには、成長できていたのだ。


校舎を脱出してふらふらと校門に向かうと、柱に寄りかかっていた女子が背中を離し、胸の横辺りで小さく手を振った。

東頭《ひがしら》いさなだった。

約束した覚えはないんだが……？　不思議に思いつつ近寄っていくと、いさなはにやつきながら僕の顔を覗き込んできた。

「お疲れ様です、水斗君」

「……今日は先に帰っていいって言わなかったっけか？」

「言われましたけど、待ってました。……ふふふ。彼女っぽくないですか？」

「現在進行形で僕を他の女とくっつけようとしている奴《やつ》の言うこととは思えないな……」

川波の危惧は、案外的外れじゃないんじゃないかと思えてくる。

まあシチュエーションをどう楽しもうが自由だ。

僕が歩き出すと、いさなも隣に並んでくる。まさしく彼女めいた距離感だが、僕たちにとってはこれが平常だ。お互い慣れた歩調で、見飽きた通学路を行く。

いつもならこのまま直近の新刊の話でもするところだったが、

「聞きましたよ、水斗君。プレゼンで大活躍だったんですって？」

いさなが切り出したのは、いつもとは違う話題だった。

瞬間、僕は少しだけ落胆している自分を発見した。

いさなは、文化祭とは無関係だと思っていたんだけどな。……学校中があの雰囲気じゃ、どうやったって逃げられないのか……。

「誰から聞いたんだ、それ？」

「結女さんからです！　自分の功績を隠して黒幕に徹しようとしたんですってー？」

「……まあな。失敗したけど」

自嘲的に言ってみる。

けれど、もう何度も繰り返した。人間の社交性というやつは、こんな風に言うと『そんなことないよ』という台詞《せりふ》を引っ張り出す。まるでそういうロボットのように。

――でも。

「ぷふーっ」

東頭いさなは、これ見よがしに吹き出した。

いつものように。調子に乗った風に。

「実力を隠そうとしたのにミスってる（笑）ラノベ主人公未遂（笑）　ダサっ（笑）」

「……おい。あまりイキるなよ。反動が来るぞ」

「イキってたのはそっち――うにゃあーっ⁉　こめかみ！　こめかみぐりぐりしないでくださいっ！　古いっ！　お仕置きの仕方が古いーっ！」

ああ――僕は本当に、どうしようもないな。

クラスメイトに褒めちぎられるより、こいつに煽《あお》られてるほうが、ずっとずっと居心地よく感じるなんて。

どうしようもない――青春不適合者だ。

「もしもし」

夏休みという虚無があった。
僕は田舎の花火を、人気《ひとけ》のない社《やしろ》でひとり、見上げていた。
世界は問題なく回っていく。
僕がいなくても、君がいなくても。
まるで——この一年が嘘《うそ》だったように。
僕は手の中にあるスマートフォンを見る。
電波はきっと、簡単に君との間を繋《つな》げてくれるだろう。
去年のように、そうすることは、たぶん簡単なことだった。
でも、僕にはできなかったんだ。
もう君は、電波が届かないくらい遠くに、行ってしまっている気がした。
——願わくば、嘘にしてほしい。
この一年を。君との時間を。

終わりが来るなんてこと、知りたくはなかったんだ。

◆伊理戸結女《いりどゆめ》◆

各クラスの出し物が決定し、文化祭の準備が本格的に始まった。

クラスが大正ロマン喫茶の内装を作ったり、メニューを調理する練習をしたりしているのを後目《しりめ》に、私と水斗《みずと》は実行委員会のほうに出入りしている。

文実は各クラスと運営委員会とのパイプ役であることの他に、招待状や広報用ポスターの準備、近隣住民への根回しなど、文化祭全体に関わる雑務が仕事なのだ。だから、せっかく自分たちで通した企画だけれど、クラスの準備にはあまり関われないのだった。

「（——調子はどうかな？）」

「わっ!?」

私がノートPCに向かって黙々と仕事をしていると、急に耳元で涼やかな声がして、びくりと腰を浮かせた。

そんな私を見て、囁《ささや》き声の主——生徒会副会長であり、文実の委員長でもある紅《くれない》鈴理《すずり》先輩が、からかうようにくつくつと笑った。

「せ、先輩……いきなり何をするんですか……？」

「失敬。他のみんなの邪魔にならないように、と思ってね」

絶対嘘だ。からかって遊んでるんだ。

学校史上最高の天才と呼ばれ、そのカリスマ性で三年生すら顎で使っている紅先輩だけれど、その実は意外とフレンドリーだった。プレゼンで目立ったからか、私には特別よく話しかけてくれる……ような気がする。誰にでも砕けた感じで接しているから、私の自意識過剰かもしれないけど。

紅先輩は腰を曲げて、私が作業しているＰＣの画面を覗《のぞ》き込む。

「どうかな？　テストのほうは。上手《うま》くいっているかい？」

「あ、はい……今のところ。目立ったバグは出てません」

私が今やっているのは、プレゼンで提案したトラブル防止システムの実験だった。

何人か容姿に特徴を持たせた生徒を校内に放ち、それを実行委員が見つけて写真に撮り、すぐにデータベースに記録する。そして、そのデータベースを元に、生徒の行動を予測する。鬼ごっこのような実験だけれど、データベースのプログラムに問題がないかどうか、実際に効果があるかどうかを見るにはちょうどよかった。

私はパソコンには慣れていないんだけど、言い出しっぺということでデータベースの挙動をデバッグする役に選ばれてしまった。近くの机で水斗も無言で同じ仕事をしている。

紅先輩は画面を見ながら肯《うなず》いて、

「うん、良さそうだね。まあジョーが用意したシステムだから、心配はしてなかったけど」

「ジョー……？」

「ウチの会計だよ。影は薄いが、あれでなかなか有能でね。コンピュータに強いんだ」

紅先輩が振り返ったほうを見ると、ホワイトボード前に置かれた長机の端っこで、天パ気味で野暮《やぼ》ったい眼鏡をかけた男子が、無言でカタカタとキーボードを叩《たた》いていた。

見てやっと思い出した。会計の羽場《はば》丈児《じょうじ》先輩。

『ジョー』って呼んでるんだ。言われてみるといつも一緒にいる気がするし、もしかして仲がいいんだろうか。

「仲はいいと思うよ？」

「えっ？」

心読まれた！

紅先輩はまたくつくつと笑って、

「キミは顔がわかりやすくて面白いね。ちなみに、残念ながらまだ男女の仲ではないよ」

「先輩が鋭すぎるだけじゃ――」

ん？

今……『残念ながら』って。『まだ』って。

え？　嘘？　そういう感じ？

「さてね？」

紅先輩はどこか胡散臭《うさんくさ》い笑みを浮かべて片目を瞑《つぶ》ると、「それじゃあ引き続き頼むよ」と言って、他の委員のところに去っていった。

いや……どっち？　結局どっち!?

私は存在感に反比例して華奢《きゃしゃ》な先輩の背中を、思わず見つめてしまう。本当だとしたらものすごく意外なカップルだし、だけどからかわれただけのような気も……わかんない！

私がやきもきさせられていると、「なあ」と声をかけられた。

振り返ると、いつの間にか水斗が傍《そば》に立っていた。

「なっ……何？」

「二つ目のタブなんだが、他よりも誤入力が多くないか？」

「えっ……？　うーん、言われてみればそうかも……。そそっかしい人なのかな」

「人によってはＵＩがわかりにくいのかもしれない。もっと過剰なくらいわかりやすくしてもいいかもな」

「うん、わかった。データ取って報告する」

水斗は肯いて、自分の席に戻っていった。

……相も変わらず高スペックではあるけれど、今のところ水斗は、他の文実と交流している様子がない。話すのは私とばっかりで、強いて言えば紅先輩がよく話しかけてるかなーってくらい。

水斗が周りに馴染《なじ》まないのはいつものことではあるけど……せっかくプレゼンであんなに認めてもらえたのに、ちょっともったいないわよね。

◆　川波《かわなみ》小暮《こぐれ》　◆

「はい、こーくん。あーん♪」

「あぐ」

甘ったるい声と共にオレンジを一切れ口に突っ込まれ、オレは吟味する。

暁月《あかつき》はスプーンを持ったまま小首を傾《かし》げ、

「どう？」

「うう〜〜ん……ちょっと甘すぎねえ？」

「そんなん好みじゃん！」

「好み以外でどう判定しろってんだよ！」

模擬店で出す予定のメニューを試食しているところだった。

大正時代の洋食といえばカレー、コロッケ、トンカツらしいが、模擬店じゃ油はおろか火を使うことも制限されてる。そういうわけで、缶詰から出した果物を炭酸水とかに突っ込むだけのフルーツポンチとか、あらかじめ用意したハムとレタスとスクランブルエッグを挟んだだけのサンドイッチとか、簡単な軽食を中心にメニューを構成する予定だった。

　オレは暁月が作ってきたフルーツポンチを眺めながら、

「これだけ食っても仕方ねーんじゃねーの？　喫茶店って、どっちかっつーと紅茶とかコーヒーが主役だろ」

「そりゃそうなんだけどさ。そっちは今、木根《きね》ちゃんが拘《こだわ》り始めちゃってさあ。家庭科室で一生豆挽《ひ》いてるよ」

「豆からかよ……。さすがは茶道部っつーか、コーヒーってお茶に入んのか？」

　どこにでもいるもんだ、凝り性な奴《やつ》ってのは。

　オレは教室を見渡した。大正ロマンがコンセプトなら教室の壁が剥《む》き出しなのは良くねーってことで、カフェ風の壁紙を貼る予定だ。が、一口にカフェ風っつってもいろいろなバリエーションがあるもんで、今も木目派とレンガ派で議論が巻き起こっていた。

　前方に目を向ければ、黒板を使って席の配置について話し合っている。伊理戸さんの調べによれば、大正時代に初めてできたカフェは文化人が集まるサロンだったらしい。そっちに寄せるか、それとも普通の喫茶店に寄せるか、調整が続いていた。

　教室を舞台にマインクラフトでもやってるみたいで、なかなか悪くねー雰囲気だ。まあオレの場合、恋愛と同じで、そこに混ざるよりも傍《はた》から見てたほうがおもしれーんだが。

試作フルーツポンチをパクついて合法的にサボっていると、暁月が「あ」と声を上げた。

「東頭《ひがしら》さん？」

「ん？」

振り向くと、教室の入口からひょこっと、顔を覗かせている女がいた。

誰あろう東頭いさなだ。きょろきょろと首を回して、誰か探しているらしい。ま、誰を探してるかなんて明らかだけどよ。

オレたちは東頭に近付いて、

「伊理戸ならいねーぞ」

「なっ、なぜわかったんですか！」

「東頭さんがウチのクラスに来る理由なんてそれしかないじゃん」

東頭は少し背伸びをして、暁月の頭越しに教室を覗き込む。

「水斗君はいずこへ……このままでは、わたしが文化祭の空気に押し潰されて死んでしまいますよ！」

「何を自信満々に言ってんの。クラスの準備手伝えばいいじゃん」

「そうだ。お前、クラスはどうしたんだよ？」

「ふふ……このわたしに、仕事なんて割り振られると思いますか」

要するに、クラスに居場所がねーから伊理戸に構ってもらいに来たらしい。

オレは呆れながら、

「伊理戸は文実のほうだ。オレらより忙しいからな。邪魔すんなよ」

「……そうですかー……。残念ですけど、迷惑はかけられませんね……」

東頭は肩を落としてあからさまにシュンとする。何だか少し可哀想《かわいそう》になってきたが、まあクラスで友達を作らなかったのはこいつの自業自得だ。文化祭なんざ、クラスメイトとの距離を詰める絶好の機会なんだから、逃げてこなけりゃいいのにな。

「あ、そうだ。東頭さん、フルーツポンチ食べる？　模擬店で出すの試作したんだけど」

「え。いいんですか……？」

「いいよいいよ！　こいつの意見、参考になんなくてさあ」

「でしょうね」

「お前、オレにだけ強気なのなんなんだよ」

暁月が東頭を教室に招き入れようとしたそのときだ。

「……ん？　いさな？」

「あ！　水斗君！」

伊理戸水斗が廊下の向こうから現れて、東頭が飼い主を見つけた犬のように振り向いた。

東頭はタタッと伊理戸に駆け寄って、

「文実じゃなかったんですか？」

「今日の仕事は終わった。教室の様子を見てから君を迎えに行くつもりだったんだが」

「おお。奇遇ですね。わたしもちょうど、教室に居場所がなくて居た堪《たま》れなくなってきたところだったんです！」

「それは悪かったな。出迎えが遅れて」

尻尾を振ってるのが目に見えるようだ。ほんっと懐いてるよな。あの教室での告白事件以来、周りの目さえ気にしなくなりやがったし。

オレは伊理戸に軽く手を挙げて、

「よお。伊理戸さんはどうした？」

「さあ。まだ何か作業が残ってるんじゃないか」

興味なさげな答えに、オレは『ん？』と思った。

その間にも、伊理戸は東頭の肩に手を置いて、

「作業がないなら一緒に帰ろう。図書館……はもう閉まるから、僕の家でも行こうか」

「いいですねー！　荷物取ってきますね！」

「ついていくよ」

東頭と一緒に背を向けて、それから思い出したように、オレたちを振り向いた。

「じゃあな、川波。南《みなみ》さん」

「おう……お疲れ」

「お疲れー、伊理戸くん」

肯いて、伊理戸は東頭と一緒に、騒がしい廊下の雑踏に消えていった。

それを見送ってから、オレは何とはなしに、暁月と目を合わせる。

「なんか……」

「うん……」

二人とも文実に入れることで、二人の距離を縮める計画だった。

けど……なんでだ？

今はむしろ、二人の距離が遠ざかっているような気がする。

◆　東頭いさな　◆

水斗君の部屋に入ると、わたしはばふっとベッドにお尻を下ろし、靴下をぽいぽいっと脱ぎました。

わたしのそんな勝手知ったる態度にも、水斗君はもう動じません。鞄《かばん》をハンガーに引っかけて、ネクタイを雑に緩めます。

「ふう……。やっと肩の力を抜けるな」

「文化祭実行委員、そんなに忙しいんですか？」

「仕事は大したことないけど、副会長が妙に絡んできてな……。その相手が面倒臭い」

「え？　副会長？　生徒会のですか？」

「ああ。悪い人じゃないんだろうけど、どうにも苦手でさ」

水斗君がこんな風に言うなんて、珍しいですね。基本的に、結女さん以外のことは視界にも入ってないような感じなのに。

「それは大変でしたねえ。わたしは何にも仕事がなくて暇だったので、元気いっぱいですよ？」

「威張って言うな。多少はしておかないと、逆にストレスだぞ」

「そうなんですよね……。みんな働いてるのにって罪悪感が……」

「何にもしてないのにクラスTシャツを着る気まずさったらないぞ」

「うわ〜〜〜！　やっぱりあるんですか？　クラスTシャツとかいう文化〜〜〜！　進学校だから大丈夫だと思ったのに〜〜〜!!」

「進学校といえども所詮は高校だよ。各クラスの予算で作られるから、料金を徴収されることがないのが救いだけどな」

「水斗君も好きじゃない感じですか？　クラスTシャツ」

「そりゃそうだろう。あんな同調圧力の具現化みたいなもの」

「わかります！　こちとらクラスに所属している認識すら希薄だというのに！」

「形だけ仲間みたいな雰囲気を出されてもな……」

はあ、と水斗君は小さく嘆息しました。むむ……これは本当に疲労が窺《うかが》えますね。

「水斗君、水斗君。お疲れならば、このわたしがエネルギーを分けてあげましょうか？」

「は？　どうやって？」

「こちらへどうぞ」

水斗君をベッドの傍《そば》まで呼ぶと、背中を向けさせて、わたしの前に座ってもらいます。

そしてわたしは、水斗君の肩に手を置き、指に力を入れました。

「もみもみ～」

「……何かと思えば、ただのマッサージか」

「どうですか？」

「んん……そうだな……」

「頭の後ろにあるおっぱいが当たりそうで気になりませんか？」

「そっちかよ。今更だろ」

「ほほう。わたしのおっぱいにはもう飽きたと」

「ネタに飽きたっていう意味ではその通りだな」

やれやれ。贅沢《ぜいたく》な人ですね。一回くらい触れてみたくならないんでしょうか。告白したときには、魅力を感じてないわけじゃないって言ってくれたのに。

大人しく肩を揉《も》まれる水斗君に、わたしは適当に思いついた話題を振ります。

「水斗君、文化祭でコスプレ喫茶やるんですって？」

南さんから聞きました。プレゼン勝負で勝ち取ったそうです。

水斗君はリラックスした姿勢で、

「僕がやるわけじゃない。僕が所属しているクラスがやるんだ」

「写真見ましたよ～。すごく似合ってますね、書生」

「あんなの疲れるだけだよ……」

本当に疲れた声です。相当ちやほやされたと見ました。

「いいですねえ、面白そうな出し物で。ウチのクラスは全体的にやる気微妙でつまんないですよ」

「一番やる気ない奴が言うなよ」

「まあそうなんですけど。あんな可愛《かわい》いコスプレだったら、わたしも興味あるんですけどね～……」

「君が？　人前で？　コスプレ？　自分にできることとできないことをちゃんと考えたほうがいいぞ」

「確かに、大勢の前で、しかも接客とか、完全に無理ゲーですね。……ふむ」

ちょっと考えてみます。わたしにできること、できないこと。

「……水斗君」

少し身を乗り出して、頭上から水斗君の顔を覗き込みました。

水斗君は「ん？」と顔を上げて、間近でわたしと目を合わせます。

「ここでやってみてもいいですか？　コスプレ」

「ここで？　……どんなだよ。衣装はこの部屋にはないぞ」

「いえいえ。ちょっとタンスの中身を拝借するだけで充分ですので」

「はあ？　タンスの中身？　嫌に決まってるだろ変態」

「変なものは触りませんよう！　これを貸してくれるだけでいいですから！　これ！」

と言って、わたしはちょいちょいと水斗君が着ているシャツを引っ張りました。

水斗君はますます怪訝《けげん》そうな顔をしました。

「これ？　……まあ確かに、予備がタンスの中にあるが……」

「前から着てみたいなーって思ってたんですよ。水斗君の服！」

「シンプルな性欲を感じてキモいんだが……」

「そうじゃないですよ！　彼シャツです彼シャツ！　憧れじゃないですか！」

性欲のためだったら、いま水斗君が着てるほうのシャツを着ますよ！　匂いがいっぱい付いてますし！　……うわっ、我ながらキモいですね。

「彼シャツって、着替えがないときに仕方なくするもんだろう……」

「だって、例えば急な雨に降られてびしょ濡《ぬ》れになったとしましょう。そのとき、水斗君はわたしを何に着替えさせますか？」

「そりゃあ……、…………、……結女の服を借りて着せるだろうな」

「でしょう⁉　こうでもしないと機会がないんですよ！」

曲がりなりにも男子の部屋に通っているので、ほのかに期待してたんですよ！　微妙な天気の日にあえて傘を持っていかなかったりして！　でも、よく考えたら成立しないんですよ！　詰んでるんですよ！

「そういうわけで、この際、正々堂々とコスプレしようと」

「情緒の欠片《かけら》もないな。……まあ、少しなら別にいいけどさ。いったん外に出るから、好きに着替え――」

「いえ、別にいいですよ？　あっち向いといてくれれば」

「は？」

部屋の主を追い出すのは気が引けますしね。それに、自分で言うのもなんですが、わたしは性欲が旺盛なので、一人きりにされると何をするかわかりません。

「では失礼して……」

わたしはいったん水斗君の肩揉《かたも》みを切り上げると、ベッドを降りて、タンスの一番上の段を開けました。大当たりです。きっちり畳まれたカッターシャツがありました。

わたしはそれを持ってベッドに戻り……自分のシャツのボタンに、手を掛けます。

「じゃあ、着替えますから……こっち、見ないでくださいね？　絶対に見ないでくださいね？」

「丁寧に振ってくれたところ申し訳ないが、本当に見ないよ」

水斗君は呆れ混じりに言いながら、一度立ち上がって鞄の中から読みかけの本を出し、ベッドの傍に戻って、それを開きました。本当に興味なさそうな挙動で、ちょっと腹が立ちます。それでも高校生男子ですか。ＪＫの生着替えＡＳＭＲを食らうがいい！

しゅるりとネクタイを取ってから、ぷちぷちとシャツのボタンを外していきます。

……あー。うわー。い、意外とドキドキしますね……。すぐ傍に男の子がいる状況で、服を脱ぐの……。夏休みには、寝惚《ねぼ》けて生チチを晒《さら》しかけたこともあるっていうのに、今は水斗君の死角でブラジャーを晒しているってだけで……下品なんですが……フフ……。

袖から両腕を抜いて、脱いだシャツをぺいっと横に投げ捨てます。……あーっ！　水斗君のベッドに！　脱ぎ捨てられた女のシャツ！　これはえっち！　えっちですよ！

できることならブラも一緒に雑な感じで置いてみたいですが、さすがにそれはやめておきましょう……。危ない危ない。水斗君が部屋の外にいたらやってました。おっぱいモロ出しでぷるんぷるんさせながら何もないベッドを撮影しているアホな姿を、水斗君に目撃されてしまうところでした。

さて、次はスカートです。わたしはプリーツに隠れたジッパーに指を掛けて——

そのとき、天才的な閃《ひらめ》きがわたしに舞い降りました。

ちらりと水斗君の様子を窺います。水斗君は本当に、こちらのことは一顧だにせず、ぺらりと本のページをめくっていました。実は聞き耳を立てていて読書が進んでない、みたいなことも一切なし。いくら恋人じゃないとはいえ、ちょっとくらい女のプライドってやつを満たしてくれてもいいんじゃないでしょうか。

と、いうわけで……。

ずり、とお尻をズラして、水斗君の耳にスカートのジッパーを近付けて——

ジイイ————ッ……。

「……おい。なんでわざわざ近付けた」

「へぁ？　……な、何のことやら～……」

「…………まあいいか」

何とか誤魔化《ごまか》せました。ちょっとわざとらしすぎたみたいです。

スカートを脱いで、わたしは完全に下着姿に。うわ～お……。ちょっと水斗君の後ろでエロいポーズとかしてみたくなりますけど、かろうじて自制心が勝ちました。やるならもっとエッチいデザインの下着のときがいいです。

持ってきた水斗君のカッターシャツの袖に、腕を通します。

……思った通り、ちょっと袖が余りました。えへへ。ぶかぶか～♪　……あっ、これ口に出してやんないといけないやつだ。

「え、えへへ。ぶかぶか～……♪」

「…………………」

無視！

塩対応の水斗君もいいですけど、たまには甘くなってくれてもいいんですよ？

ボタンを留めていって、胸元のところで迷います。どこまで留めるべきか……。第一ボタンまでピッチリ留めるのは論外ですけど、ブラが見えちゃうのも微妙というか。うーん、鏡がないとわかりにくいですね。

わたしは手鏡代わりのスマホを求めて、ベッド脇にある鞄《かばん》に手を伸ばしました。ちょうど水斗君が座っているところのすぐ隣に――

「えっ？　おい！」

急に水斗君が焦った声を出して、こちらを見ました。

そう、こちらを見ました。

あれ？

……わたし、自分から水斗君の視界に入っちゃってません？

わたしは鞄に手を伸ばした姿勢のまま固まって、そうっと自分の胸元を見下ろしました。

ギリギリ下着が隠れているかどうか、スマホのカメラでチェックしようとした矢先だったので……開いた第三ボタンの隙間から、ピンク色のシンプルなブラの端が……。

「あうっ」

わたしは慌ててシャツを掻《か》き寄せました。

……すると、今度は裾のほうが上がってしまって、

「んにゃあ⁉」

太腿《ふともも》をピッタリと閉じて、おパンツ様を守ります。

す、すごい……。なんて紙耐久なんでしょう、この装備は。こんなの、抱かれてもいいと思ってる相手の前でしか絶対無理ですよ！

「一人で騒がしい奴《やつ》だな……。君が自分で勝手にそんな格好になったんだぞ？」

「だ、だってぇ……今日は、その、下着があんまり可愛くないんですよぉ……」

「やたら可愛いのを着けられてるほうが困るよ」

困らせたかったんですけど！

確かにわたしはフラれてますし、結女さんとのことを応援してもいますけど、それはそれとして水斗君を困らせられるチャンスはいくらでも欲しいんですけど！

わたしはもう一つボタンを留めて、安全な姿勢を探し出すと、改めて水斗君に尋ねます。

「どうですか？」

袖の余った両腕を軽く上げて、華奢《きやしや》アピール。

裾の長さも確保できたので、太腿の防御をちょっと緩めてみたりして。

そんなわたしを、水斗君は寝起きにニュース番組を見るときのような目で眺め、

「まあ、可愛いよ」

「おおっ⁉　褒められました！」

「言うと調子に乗るから言わないようにしてるだけで、僕は割と、君のことを可愛い奴だと思ってるよ」

と言いながら、本に目を戻す水斗君。

……あれえ？　言葉と行動が噛《か》み合ってませんけど？

わたしは四《よ》つん這《ば》いで水斗君に近付いて、

「あのう……その『可愛い』って、もしかして、犬とか猫の『可愛い』じゃないですか？」

「そうだけど」

「心外です！　そういうのじゃなくて、もっとこう……ムラムラしてほしいんですよ！」

「してもいいのか？」

水斗君がくるりと振り返って、わたしの目を見つめてきました。

じっ……と。一瞬も動かずに。見定めるような瞳が、わたしの顔を覗《のぞ》いてきて。

「やっ……あの、その……じゅ、準備もしてませんし……」

思わずわたしが目を逸《そ》らして後ずさりすると、水斗君は「ふっ」と小馬鹿にしたように笑いました。

「ヘタレが」

え？　……ヘタレ？

「一番心外なんですけど!!　わけわかんない理由で人の告白断って、据え膳無視し続けてる人に言われたくないんですけど!!」

「わけわかんない理由って言うなよ。その通りだけどさ」

もう！　この調子じゃ、結女さんとの仲だって一生進展しないんですからね！

◆　伊理戸結女　◆

文化祭の準備は着々と進んでいた。

本番が近付くにつれて、校内は常ならぬ雰囲気を濃くしていく。いつもは粛々と授業を受けるだけの場所が、どんどん華やかに、鮮やかに色づいていく光景は、私の気持ちまで飾り立ててくれる気がした。

今日は、文実にとってある意味最大の仕事とも言える、入口のアーチを作る作業だった。いつも作業場にしている会議室の机をどけ、床いっぱいに広げた段ボールに委員総出でペたぺたと絵の具を塗りつけていく。

床に座り込んで作業をしていると、だんだん腰が痛くなってくる。私はキリのいいところで「んーっ」と腰を伸ばすと、休憩ついでにトイレに行くことにした。

文実の作業を通じて少し話すようになった他のクラスの女の子に一言告げて、私は会議室を出る。

校舎は放課後とは思えないほど賑《にぎ》やかだ。廊下には当日使う看板などが立てかけてあり、教室の中からはたくさんの話し声が渾然一体《こんぜんいったい》となって響いてくる。中にはなぜかカラオケ大会になっているクラスもあった。空気にあてられて変なことになってる……。

中庭でダンスの練習をしている人たちを窓越しに見下ろしながら、私は近場の女子トイレに入った。すると、

「やあ」

「あ……お疲れ様です、先輩」

紅鈴理先輩が、洗面スペースにいた。

カウンターにはメイクポーチが置かれ、コンセントにはヘアアイロンのコードが繋《つな》がっている。化粧直しだろうか。

どこか浮世離れした空気のある紅先輩だけど、普通の女子みたいなこともするんだな……。当たり前のことを意外に感じつつ、私は個室に入って用を足す。

それから洗面スペースに戻ると、先輩はまだ同じ場所にいた。そんなに長い時間をかけないといけないようなメイクには見えないけど……。ちょっと疑問に思いつつ、隣の洗面台で手を洗う。ついでに鏡を見ると、作業のために結んでいた髪が少しほつれているように見えたので、一度ヘアゴムを取って結び直すことにした。

「使うかい？」

隣の先輩が、不意に櫛《くし》を差し出してくる。

私はちょっと驚いたけど、すぐに気を取り直して、

「ありがとうございます」

と、櫛を受け取った。

そして私が自分の髪を櫛で梳《す》き始めると、先輩はおもむろに口を開く。

「委員会には馴染《なじ》めているみたいだね」

「あっ、はい。……私、人見知りなんですけど、皆さんが気さくに話しかけてくれるおかげで」

「それは良かった。……願わくばもう一人のほうも、もっと馴染んでくれるといいのだけどね」

「もう一人のほう……」

と言うと。

「……水斗のことですか？」

「そうそう。君の……えーっと、お兄さんかな？」

「弟です」

前ほどの拒否反応はないけれど、あの男の妹になるなんてやっぱり御免だ。……『お兄ちゃん』とか、二度と無理……！　限界！　心臓壊れちゃう！

「その弟君と交友を深めようと、しきりに話しかけてみているんだけどね。これがどうにも難しいんだよ」

「え？　……あ、あの、交友を深めるって……？」

思わず櫛を止めた私に、紅先輩はくつくつと忍び笑いを漏らし、

「もちろん、次期生徒会長としてね。彼のような優秀な生徒は、実に得難いものだ」

「そ……そうですか」

び、びっくりしたぁ……。何かにつけて思わせぶりなんだから、この人！

「どうにも彼は、周囲に壁を作っているというか、他人に興味がない感じがするね。……その感覚自体は、ぼくも至極共感するところだが……」

「え？」

「周囲とのコミュニケーションは仕事を円滑にする。結女くん、ぜひキミがかすがいとなって、彼を輪に入れてあげてくれたまえ」

そう言って、先輩は手を差し出してくる。私もちょうど、髪を梳き終わったところだった。

「綺麗《きれい》な髪だね。羨ましい限りだ」

先輩は私から櫛を受け取ると、メイクポーチを持って女子トイレを出ていった。

私はその背中を見送りながら、さっきの言葉を思い返す。

他人に興味がない——確かに水斗は、そういう空気をまとっているけれど。私みたいな見ず知らずの後輩にまで積極的に話しかけてくる紅先輩が、それに共感できるって……？

……また思わせぶりかな。どうにも摑みどころのない先輩だった。

水斗を輪に、か……。

きっとあの男は鬱陶しがるだろうけれど、東頭さんとつるんでいる姿を見る限り、人付き合いすべてを嫌がっているわけでもない。

それに——私は覚えている。

人気《ひとけ》のない外れの社《やしろ》で、一人きりで夜空を見上げていた、彼の姿を。

孤独というのか。孤高というのか。どうしようもなく魂に刻まれたその在り方は、水斗が望んで得たものじゃない。

だったら——この文化祭を通じて、少しでもそれから解放されるなら、それはいいことなんじゃないかと思う。

「……よし」

これもきっと姉の役目だ。まったく、世話が焼けるわね。


「結女ちゃーん！　今ひまー？」

アーチの色付けがひと段落した頃、ちょうど一人の先輩が声をかけてきた。

安田《やすだ》先輩だ。背の高い女子の二年生で、明るく快活な、どこか暁月さんを思わせる先輩である。何かにつけて気の利く人で、私にも先輩として気さくに話しかけてくれる。ちなみに一〇分話したら友達認定で、友達のことは遠慮なく下の名前で呼ぶタイプ。

「はい、暇ですけど……何か御用ですか？」

「掲示板にポスター貼りに行くんだけど、手伝ってくれるー？　わしゃあもう足腰がつらくてのう」

「ふふっ。いいですよ――」

安田先輩のわざとらしいお婆《ばあ》さん声に笑いながら、はたと気が付いた。

これはチャンスでは。

振り返ると、水斗もちょうど色付け作業から解放されたところで、荷物を置いた窓際に向かおうとしていた。うわ！　あの男帰るつもりだ！

「あー……だったら先輩、男手も必要じゃないですか？」

「そうなんだけど、ウチの衆は出払っててさー」

私は急いで水斗に近付くと、軽く肩を叩《たた》いた。

「……なんだ？」

仏頂面が振り返る。今更この程度で怯《ひる》む私ではない。

「作業終わった？」

「終わったから帰ろうと思ったんだが」

「手伝ってほしいことがあるの。もうちょっと残れるでしょ？」

水斗は時計に目をやり、時間を気にする素振りをしたけれど、そんなのただのポーズだって私にはわかっている。特に用なんてなくて、ただ早く帰りたいだけだ。

私が引く素振りを見せないのがわかると、水斗はすぐに諦めた。

「……わかったよ。予定してた分の作業は、想定より早く終わったからな」

「ありがと。来て」

水斗の二の腕を掴《つか》んで、安田先輩のところに戻る。

「男手確保しました。細っこくてすみませんけど」

「おっ、噂《うわさ》の弟くんか。初めましてだよね？　安田だよー、よろしく！」

にこりと笑って、安田先輩は手を差し出す。

あっと私は思った。これはマズい。この人間嫌いが、初対面の先輩と握手なんかするわけない。これはフォローする用意を――

「一年七組の伊理戸です。よろしくお願いします、安田先輩」

予想外の光景に、私は静かに驚いた。

安田先輩みたいに笑ってみせたわけじゃない。けれど、充分柔らかい調子で名乗り返し、あまつさえ相手の名前を呼んで、握手に応じてみせたのだ――あの水斗が！

親戚の円香《まどか》さんにさえ、ほとんど無視の塩対応なのに……。

予想外は、さらに続いた。

安田先輩が固く握手をしながら、急に水斗に顔を近付けたのだ。

ああっ、領空侵犯！

水斗のパーソナルスペースは半径一・五メートルくらいあるのだ。スーパーのレジに並ぶのさえちょっと嫌な顔をするこの男が、こんな気安い接近を疎まないはずがない！

「話には聞いてたけど、よく見るとホント可愛《かわい》い顔してんね。モテるんじゃないの～？」

うわあーっ！　そのからかい方はマズいです先輩！　水斗が一番嫌いなやつです！

水斗を文実の輪に入れるにしても、まずはその無愛想にめげない人から始めるのがいいと思ったんだけど、まさかこんなに一瞬で距離を詰めていくとは思わなかった。これは逆効果かもしれない。水斗がますます頑《かたく》なに――

「そんなことないですよ」

柔らかに言って、水斗はほのかに微笑《ほほえ》んだ。

ほのかに微笑んだ。

……ほのかに微笑んだぁ？

「口下手なので、友人もほとんどいないくらいです。彼女なんて夢のまた夢ですよ」

「え～？　でもさぁ、噂で聞いたよ？　いつも彼女と一緒で、すっごい仲がいいって」

「周りが勝手に言っているだけですよ。そいつは僕の数少ない友人です。そこにいる姉が証言してくれますよ」

談笑している。

あの水斗が、和やかに談笑している。

それがあまりに衝撃すぎて、「噂の子、本当に彼女じゃないの？　結女ちゃん、あたしにだけホントのこと教えてよ！」という安田先輩の言葉にも、「まあ、たぶん……」というおざなりな返事しかできなかった。

なんということだ。

意外とぐいぐい来るタイプのほうが、水斗的には話しやすかったりするのだろうか。考えてみれば、東頭さんも水斗に対してはすごくぐいぐい行くものね……。それに、出会ったばかりの頃の私も、私にしては積極的に話しかけていたような……。

円香さんのことを初恋相手だと勘違いした前科があるから、私の分析はまったく信用できないけれど、とにかく安田先輩のファーストインプレッションは上々だと言えた。先輩は文実のムードメーカーだから、この人に気に入られた時点で脱ぼっちは約束されたようなものだ。

あまりにも簡単な成功に拍子抜けしつつ、私たちはポスターの束を持って会議室を出る。学校のあちこちにある掲示板に、このポスターを貼って回るのだ。

その間も安田先輩は、しきりに水斗に話しかけていた。

「伊理戸くん、成績いいんでしょ？　どうやって勉強してるの～？」

「一夜漬けですよ。普段はノートを取ってるだけなので」

「一夜漬けで学年二位かぁ～。頭の出来が違《ちげ》ぇや」

最初こそオープンな情報をネタに表面的な話をしていたけれど、だんだん深いところにも切り込んでくる。

「ねえねえ！　結女ちゃんとは血繋《つな》がってないんでしょ？　最初どう思った？　こんな可愛い子と家族になるって！」

「驚きましたね。急な話だったので。その後は、お互い新しい生活に慣れるのに精一杯で、色っぽいことは特にありませんでしたよ」

「ホントに～？　まあ現実なんてそんなもんかぁ」

私より世間話が上手《うま》い。

今でこそ慣れたけど、私なんて最初の頃、同居関係の話題を振られるたびに返答に困ってたのに。この男はさらりと返してみせる。

コミュ力がないってわけじゃないのよね。交流する気がないだけで。

付き合っていた頃は、その高いコミュ力に何度も助けられた。だから考えてみれば、初対面の先輩と和やかに会話するくらい、意外でも何でもないのかもしれない。

実際、お母さんとも初対面のときから、上手く話してたしなあ……。

能力は備わっているのだから、機会さえあれば簡単だったんだろう。こんなことなら、もっと早くにタイミングを作ってあげたら良かった。

………ん？　でも紅先輩は、『どうにも難しい』って言ってなかったっけ……？

「もうちょっと右ー」

「ここですか？」

「そうそう。オッケー！」

頭の隅に小さなトゲのように突き刺さった違和感に首を捻《ひね》っているうちにも、ポスター貼りは円滑に進んでいく。

二ヶ所を終えたところで、安田先輩がこっそりと声をかけてきた。

「（結女ちゃん、結女ちゃん）」

「(はい?)」

「(弟くん、いつもそそくさ帰るから気難しいのかと思ってたけど、話してみたら全然いい子だね? 知らなかったなー。なんでいつもすぐ帰っちゃうんだろ?)」

「(帰りが早いのは……たぶん、あの例の女友達がすごく人見知りで、文化祭モードのクラスに居場所があんまりないみたいで……)」

「(彼女が寂しがらないよう一緒にいてあげてるってこと!? うわー! 超優しいじゃん! 好感度うなぎ登り!)」

……彼女じゃなくて女友達って言ったんだけど。

うう……そうよね、誰でもそう思うわよね……。

「(それなら早く解放してあげないとね! さっさと終わらせちゃおう!)」

「(はい……)」

無力感に打ちひしがれる私をよそに、水斗はスマホの画面を眺めていた。


「お疲れー! また明日ー!」

ポスター貼りを終えて、いったん会議室で荷物を回収し、他の文実メンバー共々、安田先輩とお別れした。

　三々五々に散っていく文実メンバーに紛れながら、私は水斗の顔を覗《のぞ》き込む。

「お疲れ様。安田先輩とずいぶん上手く話せてたわね？　いつ失礼なことを言うかって、気が気じゃなかったんだから」

　水斗はちらりと私の顔を見て、

「どこかの誰かと違ってちくちく嫌味《いやみ》を言ったりしないから、ずいぶんと楽だったよ」

「……もしかして、そういう話し方するの、私にだけだったりして？」

「川波もだ」

　そういえばそっか。……なんだ。ちょっと期待したのに。

「録画しておきたかったわ、あなたが和やかに世間話してるところ。東頭さん辺りにでも見せたら大爆笑でしょうね」

「やめろ。一生ネタにしてくるか、コンプレックスを刺激されて引きずるかのどっちかだ。面倒なんだぞあいつは」

「あなたほどじゃないでしょ」

「どうやら知らないらしいな。コミュ力のない奴《やつ》が遠慮をなくしたらどうなるか」

　あー、はいはい。私のことも言ってるわけね。

　にやつくのを我慢するのに苦労した。私だけの特別じゃない、なんて主張しているけど……一度別れなければありえなかったこんな会話が、今の私には心地いい。

「やっぱり録画しておくべきだったわね。ヘソを曲げたときのあなたは、東頭さんの比じゃないくらい――」

「――悪い。ちょっといいか」

水斗がスマホを軽く振って、私に示した。

何か急ぎの用があるらしい。水斗が連絡する相手なんて――

「東頭さん？」

「ああ。言ってた時間より少し遅れたから――」

言いながら水斗はスマホを操作し、耳に当てる。

手の陰になって、その横顔が見えなくなる。

だからもちろん、私はさっきの軽口を続けることができなかった。

遅れたなら……うん、仕方ないわよね。そっちが優先。

しばらくして、東頭さんが応答したのか、水斗が口を開く。

「もしもし――」

私は黙って、水斗が東頭さんと話しているのを聞いていた。

ほんの、一〇秒程度のことだった。

「ああ。うん。すぐ行く」

水斗はスマホを耳から離して、通話を切る。

それから私に顔を向けて、

「じゃあな。僕は少し寄り道してから帰る」

「あ……うん。遅くならないようにね。日も短くなってきたから……」

「ああ。わかってる」

短く告げて、水斗はすたすたと早足で歩き出した。きっと図書室に行くのだろう。あそこは文化祭とは無関係で、東頭さんにとっては過ごしやすい。

先に家に帰ってしばらく待てば、水斗とはすぐにまた会える。

話し足りないことがあるなら、そのときに話せばいい。

そのはず、なのに——

「ねえ！」

私は呼び止めた。

水斗は足を止めて、首だけ振り返った。

「どうした？」

「えっと……その……」

どうして呼び止めたのか。

自分でさえわからないまま、言えることを探して、

「く……クラスTシャツ！　明日届くはずだから……！」

横ざまに射《さ》す夕日が、水斗の顔を半分だけ赤く染めて、もう半分を黒い影で覆う。

「そうか。楽しみだな」

それだけ答えて、水斗は去っていった。

私は水斗が消えていった階段を、しばらくの間、見つめていた。

ずっと前からこうだった。

仲が悪くなって、冷戦みたいな状態になって、私たちはずっと、腹を探り合うような嫌味を応酬して――そういう接し方を続けてきた。

それが今の私たちで。

そんな今が好きになって。

なのに――なんでだろう。

いつも通りなのに。

私の好きな、私たちだったはずなのに。

どうして、今――水斗との間に、壁を感じたんだろう。

「ごめんな」

夏休み明け、いつもの場所に行くと、君はきちんと待っていた。

それは、嘘《うそ》ではなかったということ。

君と僕が恋人になったことも、些細《ささい》なことで食い違ったことも、夏休みに一度も会わなかったことも――一年前のこの日、この胸に満ちていたはずの気持ちが、ひどく薄れてしまっていることも、全部、嘘ではなかったということ。

――……おはよう、伊理戸《いりど》くん
――……うん。おはよう
どうせなら、嘘であればよかった。

何もかも僕の妄想で、幻想で、……現実では、なかったのなら。……僕はまだ、こんな自分自身に、耐えることができたはずだ。

けれど、君はここにいた。

一月《ひとつき》以上も会わなかった僕に、『おはよう』と声をかけた。

君にはわからないのか？

これ以上の絶望はないって——わかってくれないのか。

——……えっと。宿題……終わった？

ここでもまだ、ギリギリ戻れたはずだと思う。

何もなかった夏休みを、本当になかったことにして。それ以前の関係に戻ることは、きっと可能だったはずだと思う。……可能にする言葉が、何かあったと思う。

けれど、僕は許せなかった。

僕を許せなかった。

だから。

——うん。用事がなくて、暇だったからね

君は少しだけ固まった。

それから、長い長い自傷行為が始まった。

ＡＭ06：03■文化祭の朝

カーテン越しに射す朝の光に目を細めながら、私はゆっくりとベッドから起き上がった。

自分の部屋じゃない。学校の仮眠室だ。

パチパチと目を瞬《しばたた》きながら、時計を見る。朝の6時。久しぶりの早起きだ。

室内を見回せば、八つほど並んだベッドで、それぞれ文実の女子たちが静かな寝息を立てている。昨日、作業の追い込みで泊まり込むことになったとき、先輩たちが下級生の女子を慮《おもんぱか》ってくれた結果だった。同じ一年なのに寝袋で雑魚寝になった男子たちはブーイングしていたけど。

時間はもう少しあるけれど、二度寝する気にはなれなかった。今日は文化祭の本番。文化祭実行委員が一番忙しい日だ。気合いを入れていかないと。

とりあえず顔を洗ってこよう。寝間着代わりのジャージのまま、静かに仮眠室を出る。

トイレに行く前に、すぐ隣にある会議室を廊下から覗《のぞ》き込んだ。寝袋に包《くる》まった委員たちが、大きく男子と女子に分かれて雑魚寝している。会議室は教室よりずっと広いけど、それでも窮屈そうな人口密度だった。男女混じって雑魚寝なんて、なんとなく憧れないでもないけれど、落ち着いて寝られる自信はないなあ……。

「……あれ」

昨日、みんな結構遅くまで騒いでいたのもあって、まだほとんど誰も起きていない。けれど一つだけ、抜け殻になっている寝袋があった。あそこに寝ていたのは、確か……。

気に留めながらも、私はトイレの洗面台で顔を洗った。顔色は悪くない。慣れない環境で寝たからちょっと不安だったけど、体調は問題なさそう。

しんと静まり返った廊下に戻ると、不思議な心地がした。あと四時間もすれば、校内は人でごった返し、喧騒《けんそう》で溢《あふ》れ返るだろう。なのに今は、私の足音しかしない……。

嵐の前の静けさ。その中を少し探検したくなって、私は校舎をそぞろ歩くことにした。

ひんやりと冷えた廊下を歩きながら、教室の中を覗《のぞ》いたり、窓から外を覗いたり。

階段に辿《たど》り着くと、なんとなく上へ登るほうに足をかけた。外に出るつもりはなかったし、普段、あまり行かないエリアだったからだ。

踊り場で折り返してさらに階段を上がると、ドアがある。

屋上に出るためのドアだった。

確か、普段は閉まってるんだっけ。でも今は、垂れ幕を下ろしたりするのに使うから、特別に開放されているって、先輩の誰かが言っていた。

今しか入れないなら、せっかくだし……。

冷たいノブを握って捻《ひね》ると、ドアは簡単に開いた。

「………………」

直後、私の視線を奪ったのは、開放的な空間でも、一面に広がる青空でもなかった。

高い金網の手前にポツンと座っている、見慣れた彼の姿だった。

「……水斗《みずと》？」

ジャージ姿の水斗は、金網に背を預けながら座り込んで、首だけ捻って地上を見下ろしている。

私に気付いてこっちを見ると、「君か……」と呟《つぶや》いて、また金網の向こうに目を戻した。

ドアを閉めてから近付いて、話しかける。

「こんなところで何してるの？　寒くない？」

「そうだな……。上着を持ってくれば良かった」

「……いつからここにいたの？」

「三〇分くらい前だよ。早くに目が覚めてさ……」

夜型人間のこの男が、珍しい……。やっぱり雑魚寝だとゆっくり寝られなかったのかな。

「大丈夫……？　よく寝れなかったなら、私が寝てたベッド使ってもいいけど……」

「君が寝てたベッドを？」

水斗は小馬鹿にするように薄く笑った。

「成長したもんだな。羞恥心を克服したのか？」

「べ、べつにいいじゃない！　仮眠室のベッドは公共物なんだから！　……それに、あなたなら、そのくらい、今更というか……」

正直言って、何も考えてなかった。さっきまで自分が寝てたベッドでこの男を寝かせようなんて、何考えてるの、私〜……！

「遠慮するよ。女子が寝てる部屋に男一人で寝るくらいなら、寝袋のほうがマシだ」

「そ、そう……。それもそうね」

私は誤魔化《ごまか》すように、水斗の視線の先を追う。

特に、何もない。まだ誰もいない屋台が並んでいるだけだ。

「……別に、一度帰っても良かったんだ」

水斗が急に、呟くように言った。

「でも、さすがに気が引けてさ……ここで休憩してた。一人のほうが、落ち着くからな」

――こんなところで何してるの？

さっきの質問の答えであることに、私はようやく気が付いた。

休憩、か。確かに、元々個人主義のこの男が、急に泊まり込みで文化祭の準備なんていう青春ド真ん中のイベントに放り込まれたのだ。少しは一人の時間もないと落ち着かないのかもしれない。

それじゃあ、私も気を遣って、とっとと退散――

——じゃない！

これ、チャンスでしょ！　文化祭一緒に回ろうって約束を取り付けるのよ！　まあどっちにしても文実の仕事で一緒にいるし……なんて言い訳して今まで先送りにしてたけど、これ以上のシチュエーションなんて他にないじゃない。

「ね……ねえ」

座り込んだ水斗の隣に立って、ちらちら様子を窺《うかが》いながら、私は言う。

「文化祭……東頭《ひがしら》さんとかと、一緒に回る約束、してたりする？」

「いや、特に。あいつはどうせ居場所がないだろうから、暇を見つけて構ってやろうとは思ってるけど」

よ、よし……。どうやら文化祭デートをする気はないらしい。

「そっ、それじゃあ……ええっと、午後から！　文実の見回りと、模擬店のシフトが終わったら！　……私と、回らない？　文化祭……！　——あっ、なんなら東頭さんも一緒でいいし！」

日和《ひよ》ったぁ！

東頭さんの相手をすることを理由に断られる光景が脳裏を過《よ》ぎって、最後で日和った！

で、でも……まあ良し！　誘えないよりは良し！　ポジティブに考えよう！

水斗はちらりと私を見て、

「……そうだな。いさなも、僕が文実なのに自分が文化祭何もしてないとなると、また変に卑屈になりそうだし。君がいたほうがいいかもな。僕らだけだと図書室に引きこもることになりそうだし」

「容易に想像できるわね……」

水斗と東頭さんが二人きりで文化祭の模擬店を回っている姿、全然想像できない。

「それじゃあ……約束ね？」

「ああ……」

やった！　想像してたのとはちょっと違うけど、やった！

肩の荷が降りた気分になった途端、私の身体《からだ》がぶるりと震えた。ちょっと冷えてきたかも。

「ねえ、そろそろ戻らない？　ここ、思ったより寒いでしょ？」

「君は戻ったほうがいいな。ひ弱だから」

「ちゅ、中学の頃ほどじゃないし……！　じゃなくて、あなたは？」

「僕はまだ大丈夫だ。心配しなくても、風邪をひく前に戻るよ」

「そう……」

少し迷いながらも、私は水斗を一人残して、屋内に戻った。

ドアを閉める寸前まで、水斗は何をするでもなく、金網越しに学校を見下ろしていた。

AM09：18■いつもより大人っぽく見える君

「おおー」

ばつの悪そうな川波《かわなみ》の前で、あたしは小さく拍手した。

着物に袴《はかま》の書生姿。明るめの髪色も遊んでる髪先もそのままだけど、意外とそんなに悪くない。伊理戸くんとはまた違い、ちょっと落ちこぼれ感があって——ま、好きな人は好きなんじゃない？

「割といいじゃん。丸坊主にせずに済んでよかったね」

「似合ってなかったら坊主にする気だったのかよ！」

「だって書生でしょ？　なんか頭良さそうな男のことでしょ？　あんたと真逆じゃん」

「坊主にしてもどうにもなんねーよ、それは！」

「そりゃそうか。それだけで頭良くなるなら試験のたびにスキンヘッドになってるもんね」

「くっ……言い返せねえ……」

あたしはけらけらと笑うと、袖を指で軽く摑《つか》んで持ち上げ、川波に自分の姿を見せた。

「それで？　あたしの感想はー？」

もちろんあたしも、袴ブーツのハイカラさんだ。

ニヤニヤして答えを待つあたしに、川波はしらけた目を向けて、

「いや、試着で見たし。今更別に……」

「何度でも褒めろや！」

「んだお前。彼女ヅラか？」

「彼女じゃなくても何度でも褒めろ！　そのチャラい顔は飾りか！」

「飾りなんだよ。残念ながらな！」

川波は顰《しか》めっ面《つら》で首を傾《かし》げ、あたしの頭の辺りに目を向けた。

いつも通りの高い位置でのポニーテールに、今日はちょっとアレンジをしてある。

「……お前、いつもとリボン違くね？」

「可愛いでしょー？　この服に合わせて和風なんだー♪」

「なんか和菓子の袋みてえ――痛《い》てっ！　おいやめろ！　ブーツで蹴るな！」

「もう二度と！　女の扱い慣れてますみたいなツラをするな！」

「お前こそ女と思われようとしてんじゃねーよボケ！」

げしげしローキックを繰り返していると、スタッフ用にカーテンで仕切ったスペースから、友達の麻希《まき》ちゃんが「おーい」と顔を出した。

「そこの夫婦ー。そろそろ開場時間だからさぁ、漫才やめて準備してくれよなー」

「だぁれが夫婦じゃー！」

「悲しいよわたしは。伊理戸さんはモテモテだし、あっきーは夫婦《ふうふ》漫才してるし、ついには奈須華《なすか》にまで彼氏ができてさぁ。なんかわたしだけ寂しい奴《やつ》みたいじゃん！　おーいおいおい……」

「大丈夫だよ、麻希ちゃんは。背高くてカッコいいし」

「女子にモテても意味ねえんだよなあ！」

バスケ部の麻希ちゃんはスラリとした長身で、袴姿もバチッと決まっていた。もちろんのこと女子から大好評。こういう子に限って同性には興味なかったりするんだよねえ。

「わたしも彼氏ほし〜！　今日ナンパとかされんかなぁ？」

「ナンパは禁止だろうがよ」

川波が呆《あき》れたように言う。

「大体、そんなのに引っ掛かったらロクなことになんねーだろ。焦って自分を雑に扱うんじゃねーぞ」

「えっ……？」

麻希ちゃんが目を大きく開けて川波を見つめ、自分の胸を押さえた。

……あー？

「え？　やば。ちょっとトゥンク来ちゃった。なんだよ川波ぃ！　やっぱ見た目通りチャラいじゃん！　嫁さんに怒られっぞ〜！」

「嫁？　いるように見えるか？」

「出た～！　独身を装う不倫男～！」

「…………」

麻希ちゃんと二人してゲラゲラ笑う不倫男を、あたしは無言で睨《ね》めつける。

……何？　あたしのコスプレを褒めてもくれないくせに、麻希ちゃんには優しいことを言うわけ？　ふ～ん……へえ～……そう……。

「（……また逆ナンに引っかかって吐き散らかせ）」

もう助けてやんない。怪人ゲロ男として未来永劫《みらいえいごう》語り継がれればいいんだ。

ふいっと顔を背けてスタッフエリアに入ろうとすると、

「ナンパといえば、お前も一応気を付けとけよ」

川波が急に、少し柔らかい声音であたしに言った。

「顔だけは整ってるんだからよ。それにコスプレ効果で心なしか大人っぽく見えるし――」

「え？　あたしが？　大人っぽく――」

「…………」

「――何せ、ブーツの分、背が高くなってるからな」

「痛てえ！　踏むな！　ブーツで！　潰れる潰れる！」

潰れろ！

AM09：45■大正から来た救世主

ついに文化祭が始まってしまいました。

我がクラス、一年三組は微妙にみんなやる気がなく、自分たちの出し物は最低限の準備と人員で用意できる写真展示で済ませ、他のクラスで遊び回って文化祭をエンジョイする方向性でした。

そのおかげであまり仕事をしてなくても咎《とが》められることはなかったのですが、当日、つまり今日、遊びに行く当てのないわたしとしては、退屈な自分の教室でぼーっとする以外やることがなく……するとどうでしょう、暇を持て余した店番の女子たちが、面白いオモチャがいるとばかりに寄ってくるではありませんか。

「ねえねえ、東頭さんは遊びに行かないの？」

「え、えー……まあ……」

「彼氏を待ってるんだよねー？　伊理戸くんって確か文実だから、見回りとかで時間あんまりないんじゃない？」

「あー、そっかー。ねえねえ、東頭さんの彼氏ってどんな感じ？　あたし見たことないんだよねー」

「んー、ちょっとなよなよした感じの……カッコいいって言う子もいるけど、私はもっとガッシリしてるほうが好みかなぁ」

「オメーの好みは聞いてねえよっ！　ごめんね東頭さん！　こいつ筋肉フェチで！」

「なにおう！　あんただって筋肉好きでしょうが！」

「あ……あはは……」

誰かー！　助けてー！　名前も覚えてない人たちに、単なる会話のネタとして消費されてるんですー！　楽しそうなのはこの人たちだけで、わたしは愛想笑いしかできないんですー！

と、わたしの心からの願いが届いたんでしょうか。

賑《にぎ》やかな廊下とは真反対に閑散としていて、実質ただの休憩所と化している我らがクラスに、来訪者が現れました。

和服の。

袴の。

マントを羽織り、学帽を被《かぶ》った。

書生風の格好の――

――それは、水斗君でした。

「……ひょぇ」「ぃうっ……」

黒いマントを靡《なび》かせて水斗君が入ってきた途端、賑やかに話していたお二方が、隙間風のような声を最後に静止しました。

わたしも同じでした。

話には……話には、聞いていたんです。写真も、見せてもらってたんです。で、ですけど……ですけど……！

――なんですかこの完成度はぁーっ⁉

完全に良家の嫡男じゃないですか！　親に決められた許嫁《いいなずけ》じゃないですか！　結婚相手を勝手に決められるなんて、と反感を抱いていたわたしと、正式に紹介される前にひょんなことから出会い、許嫁と知らずにキュンとして『この人が婚約者だったら良かったのに……』と思ってたら本当にそうだった！　やつ！　やつの、アレ！

び、びっくりしました……。びっくりしすぎて夢女子になってしまいました。

水斗君はさっと教室の中を見回すと、すぐにわたしのことを見つけて、すたすたと静かに近寄ってきます。……あれ？　夢じゃないんですけど。本当にわたしのほう来るんですけど。あ！　そういえばこの人、わたしの男友達でした！

「いさな」

しかもこの間から、下の名前で呼ばれてるんでした！

「ちょっと様子を見に来た。……取り込み中だったか？」

「……あうあう……」「……はうはうぁ……」

涼やかな目を向けられて、さっきまでキャッキャしてたお二人がわたし並のコミュ障になりました。

その様子に水斗君は軽く首を傾げて、わたしに目を戻します。

「これから見回りだから、昼にまた迎えに来るよ。……この服も宣伝にって着せられたけど、さっさと脱いでしまいたいしな」

「「とんでもない!!」」

全員の声が揃《そろ》いました。

さっきまで愛想笑いしかしていなかったわたしでさえも、ぴったりハモっていました。

急に団結したわたしたちに、水斗君は目を白黒させながらも、

「まあ、とにかく、様子を見に来ただけだから。思ったより困ってなさそうで何よりだ。それじゃあ」

そう言って、水斗君はあっさりと教室を出ていってしまいました。

名前も知らないお二人は、ぼーっとその後ろ姿を見送って、

「……知的なのもいいかも……」

「……ね……」

ほんの一目で性癖を捻《ね》じ曲《ま》げるとは……恐るべしです、水斗君。

AM10：05■心臓は口よりも物を言う

「見て見て。ハイカラさんだー」「わっ、ほんとだ。かわいー！」

そんな声がまた聞こえて、私は少し顔が熱くなるのを感じた。

文化祭中はあちこちコスプレだらけだから、袴《はかま》ブーツで廊下を歩いても大して目立たないだろうと思っていたけど甘かった。目立つからこの衣装にしたんだというのに。

「もー……！　これなら接客してたほうがマシ……」

「できもしないことを言うもんじゃないぞ」

「んなっ……！　で、できるわよ！　接客くらい！」

書生姿の水斗に抗議する。いきなり刺してきておいて、何その澄ました顔！

マントを羽織った水斗の背中には、『1年7組　大正ロマン喫茶！』と書かれたプラカードが掛かっている。実行委員の見回りに行く前に寄った教室で、暁月《あかつき》さんに掛けられたのだ。正直衣装よりも恥ずかしいので、私と水斗とで定期的に交換している。

「シフトの時間が来たらよく見ておくことね。私はやればできる子なのよ！」

「知ってるよ。夜な夜な練習してたの聞こえてたからな」

「ひぐぅ……！　き、聞き耳立てないでよ……！」

「君の声が大きいのが悪いんだ」

　これだから、同居というのはいいことばかりじゃない。バレンタインとかどうするの？　私、どこでチョコ作ればいいの？

　文化祭中、文実が最も多くの時間を割く仕事が、校内の見回りだ。トラブルがあれば解決し、迷子がいれば案内し、人見知りをしている暇さえない。

　文化祭を回る約束を東頭さん参加でも可とした理由も、この見回りにある。だってこんなの実質デートでしょ！　先輩によると、文実きっかけで付き合い始めた人もいるらしい。

　私は腕時計を見て、

「あ……ね、ねえ。そろそろ行かないと」

「ん？　……ああ、お化け屋敷のチェックか」

「そう！　遅れたら迷惑だから！　ね！」

　出し物の安全チェックも、文化祭実行委員の仕事だ。

　そう、お化け屋敷は視界も悪く、トラブルの起きやすい場所だから、事前に実行委員が入って安全かどうか確認するのだ。

　これは仕事。決して私の私利私欲によるものではない。仕事で！　仕方なく！　水斗と二人きりで、お化け屋敷に入るのだ……！

「あっ、来たんじゃない？」「文実の人ですかー？」「うわ！　衣装綺麗《きれい》ですねー！」

私たちの担当クラスに行くと、おどろおどろしい雰囲気に様変わりした教室の前で、受付担当の人たちが待っていた。

　このクラスは準備がギリギリ間に合わなかったらしく、だから文化祭が始まって少したこの時間にチェックすることになったんだけど……さすが、ギリギリまで作り込んでるだけあって、見るからに手が込んでる……。

　ちょっと怖くなってきた私をよそに、水斗が業務用の物腰で話しかける。

「チェックさせていただいてもよろしいですか？」

「どうぞどうぞー！」「お二人でご一緒にお入りくださーい！」「足元に気を付けて、道なりに進んでね！」「……ちなみに、中はとっても暗いので、ちょっとくらいくっついてもバレませんよ？」

　うわっ！　煽《あお》ってくる！　カップル用だ、このお化け屋敷……！

「……、行くぞ」

　判断に困る微妙な間を空けて、水斗は入口を塞ぐ黒いカーテンに手をかけた。

「ちょ、ちょっと待って……！」

　私は慌ててそれを追いかけて、カーテンを抜ける。

　中は本当に暗かった。とても昼間とは思えない。洞窟みたいだ。ただ、奥に誘導用らしき光が人魂《ひとだま》のように、ぼうっ……と輝いている。あの光、何？　どうやって作ってるの？

「道はちゃんとわかるように作られてるな……」

　仕事モードで冷静に検分する水斗。この男、ホラーは大丈夫なんだっけ？　あーもう、付き合ってるときに一回くらい行っておけばよかった、お化け屋敷！

　私は静かに深呼吸をすると、意を決して口を開いた。

「……ねえ……手、繋《つな》いでも、いい……？」

「は？　なんで？」

　こっちが『なんで？』よ！　せっかく人が可愛《かわい》く言ってるのにそんな反応があるか！

　私はめげずに攻める。

「ほら、暗いし、袴だし、もしこけたりして物を壊したら迷惑じゃない？　だからお互い、万一を考えて……ね？」

「……まあ、いいよ。わかった」

　聞くや否や、私はするりと水斗の手に自分のを絡ませた。

　細くて華奢《きゃしゃ》な手。でも男だってわかる、ほのかなゴツゴツ感。……中学生の頃より、ちょっと大きくなったかな。

　しれっと恋人繋ぎにしてみると、ちらりと水斗がこっちを見た。でも私は知らんぷり。何にも意識してないですよ？　あなたの自意識過剰なんじゃない？　すると、視線はスッと逃げていく。ふふふ。

高
1年7

そうして、お化け屋敷デートがスタートした。

ぴちょん……と、どこからともなく響いてくる水音を聞きながら、暗闇の細道を歩いていく。すると——誘導用だと思っていたぼんやりとした光から、第一の刺客が現れた。

「ひあっ⁉」

私は打算なく、本当に天然で、思わず水斗の腕にしがみつく。

ぼんやり光るカーテンに、明らかに人ではない、異形の影が横切ったのだ。

お化け屋敷といえば、襖《ふすま》から青白い手がバーン！　みたいなのを予想していた私は、何にもない場所なら安全だろうとたかを括《くく》っていた。早速、その油断を突かれたのだった。

「……おい……」

驚きと、少しの悔しさに固まっていると、ほのかに震えを帯びた呟《つぶや》きを耳元に聞いた。

「いつまでくっついてるんだ……」

「あ……ご、ごめ——」

いや、待て。ここで引くから、私はいつまでもヘタレなんだ。こんな絶好なシチュエーション、押さなくてどうするんだ！

「も……もうしばらく、このままでいい……？　その……怖くて……」

「…………普段、バラバラ死体が出てくるような本を読《よ》み漁《あさ》ってる奴《やつ》が何言ってんだ」

「み、ミステリとホラーは全然違うでしょ！」

私は意地を張って、尚更《なおさら》ぎゅっと水斗の腕を抱き締めた。それから三秒——ようやく、自分が胸を思いっきり押しつけていることに気付いたけれど、すでに退路は失っていた。うぁああうう……恥ずかしいけど、ここで逃げたら無理してるのがバレる……。

——ドクン……ドクン……ドクン——

鼓動が速くなってる。この音、腕越しに伝わってるかな。あなたとくっついてるからだってわかってくれる？　それとも、お化け屋敷に怖がってるだけだって思う？

「…………、さっさと行こう。そんなに長くはないはずだ」

答えは教えてくれないまま、水斗は私を引っ張って歩き出した。

その後も、手の込んだビックリトラップは続いた。お化けが急に飛び出してくる、なんていうのは序の口で、気付かないうちに誰かが後ろをついてきてたり、バタバタバタ！と大きな足音だけが通り過ぎていったり、変化球の仕掛けが本当に怖くて、私はもう誘惑どころじゃなくなっていった。

そろそろ終わりかな、と思ったところで、前に扉が現れた。

教室の引き戸だ。ここを抜けたら外だ。

だけど——その希望の出口には、覗き窓を塞ぐ形で、こんな張り紙がしてあった。

『純粋なる人の愛の前に怪物は敗れ、扉にかけた呪いを解くだろう。口付けを交わすべし。無理だったら抱き締め合うべし』

「…………」

「…………」

何これ!?

キスしないと出られないってこと!?　どんなお化け屋敷よ!

ちょっと悪い予感はしてたのよねー……。だって、私たちが中に入るとき、なんかみんな妙にニヤニヤしてたんだもん……。

私はこそっと水斗に耳打ちする。

「(ど、どうする……?)」

「(できるわけないだろ。キスが条件ってことは、どこかから見られてるってことだぞ)」

そ、そっか。そうよね。よくよく考えてみれば、世間的には水斗は東頭さんと付き合ってることになってるんだし、ここで私が、たとえフリであってもキスなんてしたら、どこかからその情報が漏れて水斗が浮気をしたことに……。

「それじゃあ……仕方ない。うん、出られないんじゃ仕方ないわね!」

私は大きめの声で言った。あくまで仕方なく嫌々ですよーとポーズして――

――ぎゅうっ。

と、水斗を正面から抱き締める。

無理だったらハグでもいいと書いてある。キスができないんだからこうするしかない。

選択肢はないのだ。そうでしょ？

「おっ、おい――」

「ほら。早く。抱き締め合わないといけないんだから……そっちも」

「…………おのれ……」

私はちょっと笑った。本気で『おのれ』って言う人、初めて見た――

――ぎゅうっ。

肩の両側から背中にかけて覆われて、私は水斗の腕の中に収まる。水斗の温かさを全身に感じて、ほわほわとした幸せな気持ちが胸に満ちた。興奮するような、安心するような……ああ、もしかしたら別れてからは、こんな風に抱き締められたの、初めてかも――

――ドクッ、ドクッ、ドクッ――

合わせた胸に、私とは少し違うリズムの鼓動が伝わってくる。そして、これはきっと気のせいじゃないと思うんだけど、それは時間を経るごとに少しずつ速くなっていた。

くすっ、と思わず笑う。

それから、急速にむくむくと膨らんだ悪戯《いたずら》心を止められなかった。

そっと頬《ほお》を触れ合わせるようにして、唇を水斗の耳に近付ける。

「（久しぶりね。気持ちいい？）」

――ドクンッ、と鼓動が一瞬跳ねた。

顔はどんなに澄ましていても、心臓は素直だ。ここのところ、文実の仕事を冷静に片付けている姿しか見てなかったから、その乱れた鼓動は尚更可愛らしく感じた。

けど、そんなサービスタイムも長くは続かず、カチッ、と扉の鍵が開く音が響く。

瞬間、素早く水斗が私の身体《からだ》を引き剝がした。私は彼の顔を覗き込もうとしたけれど、暗い上にすぐに顔を背けられてしまったので、確認できなかった。

まあ……私の顔も人のことは言えないだろうから、見られなくて助かったけど。

ああ～！　何さっきの台詞《せりふ》！　なんかちょっとエッチになってなかった⁉

「お疲れ様でしたー！」

扉を開けて明るい廊下に出ていく頃には、私たちはお互いに微妙に目を逸《そ》らして、何とも言えない気まずい空気になっていた。

「どうでしたか⁉　ウチのお化け屋敷！」「よくできてたでしょ！　こりゃカップルの聖地になっちゃいますよ！」

口々に自クラスの出し物を誇る彼女たちに対して、私は文化祭実行委員として、判断を下さなければならなかった。

「……基本的には大丈夫ですが、最後の張り紙は風紀を乱すので撤去してください」

「「ええ～‼」」

女子たちが不満げに悲鳴を上げる一方で、男子たちが『そりゃそうだろ』という顔をしていた。うん。それはそう。

お化け屋敷クラスに別れを告げて、私と水斗は見回りに戻るべく歩き出す。

しばらくすると、沈黙していた水斗が不意に呟いた。

「……さっきのは……」

「え？」

「さっきのは……あのお化け屋敷が、意外と本格的な作りで、驚いてただけだ」

……鼓動、速くなったの、私を抱き締めてからよね？

なんて無粋なことは言わずに、

「怖いの、我慢してくれてたんだ？　私のために？」

「違うだろ！　僕は驚いてただけで――」

「実は頑張って耐えてたんだ？　可愛い～！」

「違っ……ああもう！」

本当、素直なのは心臓だけよね？

AM10：56■君にだけじゃダメなのか？

お化け屋敷で些細《ささい》な（ほんの些細な）失態を演じて以降、調子に乗った結女《ゆめ》を適当にいなしながら、僕たちは見回りを続けた。

僕は今まで、三大欲求を一つ消し去れるとしたら睡眠欲を消したいと思っていた。睡眠に使う時間を、読書など別の時間に充てられるからだ。だが、今は性欲を消したい。あんな程度の接触で動揺するなんて……初めてでもあるまいに、一生の恥だ。

僕は文化祭の喧騒《けんそう》の中を歩きながら、けれど別のことに意識を浮遊させる。

いさなは暇にしてないだろうか。さっき様子を見に行ったときは、クラスの女子に話しかけられて困っていそうだったが——まあ、あいつは一人で時間を潰すことにかけてはプロだから心配いらないんだろうけど、できれば早めに迎えに行ってやりたいもんだな。

「……っ」

時間を確認しようとスマホを取り出しかけたとき、結女が一瞬、足を止めた。……今、顔も少しだけ痛そうに歪《ゆが》めてなかったか？

「どうした？」

「うっ……ううん。なんでもない。ちょっとつまずいただけ……」

その空っぽな笑い方を見て、字面通りの捉え方をするほど、僕は彼女を知らないわけじゃない。

僕はブーツを履いた結女の足を見下ろして、少し考えた。

「……靴擦れか？」

「えっ？　な、なんで——」

「慣れない靴で一時間も歩き回ってるんだ。当然考慮すべき可能性だろ」

本当は、最初に考えておくべきだったんだけどな。そこまで頭が回ってなかった……。

「保健室……は、ちょっと遠いか」

「だ、大丈夫だってば！」

「やかましい。それを確認するためにもとりあえず診せろ。近くに空き教室があったはずだ。行くぞ」

結女の手首を掴《つか》んで、腕を引く。結女もさほどの抵抗をせずについてきた。

空き教室の前の廊下は、あたかもエアポケットのように閑散としていた。これだけの喧騒に包まれた校舎なのに、この一帯だけは自分の足音が響くほどだ。

戸を開けて中を覗《のぞ》いてみるが、人の姿はなかった。例年、こういう空き教室に屯《たむろ》して文化祭をサボっている生徒がいると聞くが、ここは空いているらしい。

「誰もいないな。ちょうどいい。ちょっとそこの椅子に座れ」

「別に、ときどき少し痛むくらいなんだけど……」

「痛む時点で良くないだろうが。もし君が動けなくなったら、僕の仕事が増えることになるんだぞ？」

「……自分の心配？」

「だったら悪いか」

「……べつに……」

僕は椅子に座らせた結女の前に屈《かが》むと、「どっちだ？」と訊《き》いた。結女は「右……」と答えたので、右足のブーツの紐《ひも》を緩める。

ブーツを脱がせて、次は靴下だ。ソックスのゴムに指をかけると、「ちょ、ちょっと……！」と結女が焦る素振りを見せたが、こちとらいさなのおかげで、女子の靴下を脱がせたり穿《は》かせたりは日常茶飯事である。大体、この女だって僕にニーハイ穿かせたことあるだろ。今更純情ぶるな。

するすると靴下を脱がせて、白い足を露《あら》わにした。足裏を支えるようにしてそっと手に取ると、「んぅっ……」と結女がくすぐったそうな声を漏らす。

「……内側のくるぶしと、親指の付け根の辺りが少し赤くなってるな……。今のところ、そんなに酷《ひど》くはなさそうだが」

「で、でしょ？　大丈夫よ」

「今のところはって言っただろ。この後にクラスのシフトも入ってるんだ。君の性格上、仕事中に靴擦れが酷くなっても自分から言えずに我慢するのは目に見えてる」

「……ん、………………」

結女は少し恥ずかしそうに黙り込んだ。

こうして赤くなっている以上、何かしらの処置はしたほうがいいだろうな。一番いいのは履き慣れた靴に替えることだが、今は手元にないし……。

「……あ、そうだ」

思い出して、僕は袴《はかま》のポケットをごそごそと探り、あるものを取り出した。

結女は軽く眉を上げて、

「……絆創膏《ばんそうこう》？　そんなの持ってたの？」

「一応、子供の来場者がこけたりしたとき用に。とりあえずこれを貼っておけば、多少はマシになるだろう」

赤くなっているところを覆うように、絆創膏を貼り付けていく。

結女はその作業を見下ろしながら、独り言のように呟《つぶや》いた。

「あなたって……意外と、人のこと考えてるわよね」

「……そうでもないよ。これだって、泣いてる子供が苦手だから、真っ先にその対策を考えただけだ」

「本当は、優しいのに。……それを知ってるの、私と東頭さんくらいなんじゃない？」

僕は、絆創膏を貼り終わった結女の素足を見つめたまま、靴下を手に取った。

「仮に、そうだとしても。……何が悪いんだ？　それの」

「みんなともっと、仲良くなれるかもしれないのに。あなた、取っ付きにくいと思われてるわよ？　文実の人たちに」

「その通りなんだから仕方ないだろう」

顔を上げないまま、結女の顔を見ないまま、ブーツを彼女の足に履かせていく。

「取っ付きやすいと思われても面倒だよ。人と会話をするのは、疲れる」

「私と話すのも？」

「とびっきり疲れる」

「仮にも家族なのに、酷いこと言わないでよ」

そんな風に言いながらも、結女はくすりと笑った。

……僕には、必要ないんだよ。

僕は、『みんな』が不要な人間なんだよ。

君とは違う。……どうしようもなく、違うんだ。

ブーツの紐を結んで、僕は立ち上がった。結女も椅子から腰を上げる。

「どうだ？」

結女は絆創膏を貼った右足を見ながら、机の隙間をしばし歩き回った。

「……ん。平気かも。痛くなくなった」

「無理はするな。また診るのも面倒だ」

「もっと素直に優しくしなさいよ」

結女はおかしそうに軽く笑って、

「ありがと」

脳裏に、結女に看病されたときのことが蘇《よみがえ》った。

お礼は本人に言えと、由仁《ゆに》さんに言われてしまった。けれど――僕は未《いま》だに、その言葉を告げられていない。

君はこんなに簡単に、口にできるのに。

「………、ああ」

僕は短く答えて、教室の戸口に足を向ける。

この喉から溢《あふ》れるのは、中身のない虚無ばかりだ。

AM11：06■天才すぎる同級生がなぜか俺の貞操を狙っている

——ギシッ……。

水斗と一緒に空き教室を出て、離れようとした瞬間、背後から軋《きし》むような物音がした。

「（ちょ、ちょっと待って！）」

「ん？」

抑えながらも鋭く水斗を呼び止めて、私はそうっと、今し方出てきたばかりの空き教室を振り返った。

「（さっきの教室……誰か、いない？）」

「は……？」

怪訝《けげん》そうに水斗が眉をひそめたその瞬間、またギシッという音がした。

私たちは顔を見合わせる。

そして、そろそろと足を忍ばせ、ついさっき自分たちで閉めた戸に近付いて、覗き窓を覗き込んだ。

そして——目撃する。

「——いやあ、ははは。なかなかハラハラしたね」

「……勘弁してくださいよ、紅《くれない》さん……」

二人の男女が、教卓の下から、這《は》い出てくる瞬間を。

「「…………!?」」

隠れてたの!?

ずっと、教卓の下に……私が水斗に足を差し出して、ベタベタ触らせてる間!?

しかもその男女は、とても見覚えのある二人だった。

女子のほうは、アシンメトリーな髪型が特徴の、紅鈴理《すずり》副会長。

男子のほうは、いつも彼女に随伴している、天パに眼鏡の羽場《はば》丈児《じょうじ》会計。

あの二人が……私たちが教室にいる間……狭い教卓の下で、くんずほぐれつ……？

「（え？　え？　どういうこと？　あの二人、なんで隠れて……？）」

「（それは……見つかったらマズいからじゃないか……？）」

え？　見つかったらマズいことをしてたってこと？　男女が二人っきりで？　誰もいない空き教室で……？

紅先輩はパパッとスカートのお尻を叩《たた》くと、窓際の机に腰掛け、悠然と足を組んだ。

先輩は全体的に小柄で、バストも小振りだけど、身体《からだ》のラインはかなり女性的だ。つまり……まあ、言葉を選ぶんだけど……安産型、というか。意外と肉感的な太腿《ふともも》を、短いスカートにもかかわらず組んでしまうものだから、目のやり場に困ってしまう。実際、羽場先輩はそれとなく顔を逸《そ》らしたし、私は水斗の顔を掴んで横に逸らさせた。

羽場先輩を煽《あお》るように、紅先輩は無防備に後ろに手を突く。

「さて、ジョー。たっぷりぼくの匂いを吸い込んだところで、続きをしようか？」

「吸い込んでませんし、続きはしません」

羽場先輩ははっきりと言った。こんなに喋《しゃべ》ってるの、初めて見たかも……。というか、続きって何……？　何の続き？

紅先輩はくつくつと笑う。

「嘘《うそ》は良くないよ？　体勢を崩してぼくの胸に顔を埋《うず》めていたとき、鼻の穴が二ミリほど広がっていたじゃないか。すまなかったね。あの状況を見越して、あらかじめノーブラになっておくべきだった」

「超要らない気遣いです……。俺なんかを誘惑して、何がそんなに楽しいんですか」

「理解に苦しむ質問だね。惚《ほ》れた男性を誘惑するのが楽しくないはずないだろう？」

惚れっ……!?　惚れたって言った！　言ったわよね、今!?

紅先輩は焦《じ》らすようにリボンに指をかける。

「それとも、ぼくの処女ではキミの童貞に値しないかな？」

どうてッ――!?

「(……おい。見てていいやつなのか、これ)」

「(も、もうちょっとだけ！　もうちょっとだけ！)」

　ここからだと羽場先輩は背を向けていて、その顔はほとんど見えなかったけれど、耳が赤く染まっているのだけはかろうじてわかった。

「……何度も言ってます。値しないのは俺のほうです。何の気まぐれか知りませんが、俺程度では紅さんに釣り合いません」

「人の初恋を気まぐれとは言ってくれる。何度も言うように、キミはキミが思うほど小さい人間じゃあない。何せ、このぼくが認めているんだよ？」

「ですから、俺は少し機械に強いだけで、他には何の取り柄もない――」

「人は誰しも、理想の自分を持っている」

　不意に、紅先輩が告げた。

　それは不思議と、距離を隔てていてさえ耳に染み入ってくる、力強い響きを持っていた。

「自覚があるかどうかにかかわらずね。人の美しさとは、その理想を尊ぶ態度に宿るものだと、ぼくは思っているんだ。ジョー、理想のキミは美しい。だから現実の自分は大したことがないと思い込んでいる。己の理想を尊ぶからこそ、己の現実を過小評価するのさ。その態度をこそ、ぼくは美しいと言っているんだよ」

　羽場先輩は黙り込み、隣の水斗も呼吸を止めた。

　理想の、自分……。

私にも、ある。だからこそ髪を伸ばしたし、だからこそ人見知りを直したし、だからこそ友達を作ったし——だからこそ、告白をした。

水斗にも、あるんだろうか。

中学時代は、何でもできるヒーローだと思っていた。今も妙に高スペックで、人の助けなんかほとんど必要としなさそうな彼にも——届きたい理想と、届かない現実が。

「……だとしても」

羽場先輩が、普段は滅多《めった》に発しない声を、けれど力強く絞り出す。

「理想の俺は、頭はいいのに品のない同級生の下手っクソな誘惑に負けて、みんなが頑張って働いている中ケダモノになるような奴《やつ》じゃありませんよ」

「……、なるほど」

紅先輩は緩めたリボンを締め直し、あっさりと机から降りた。

「みんなが働いている間に享楽に耽《ふけ》ると燃える、と参考資料にあったのだが、どうやらハズレだったようだね」

「その参考資料は即刻捨ててください」

「やれやれ。また新しいシチュエーションを考えることにするよ。理想の高い男に惚れると大変だね」

「変な女に気に入られるほうが大変だって早く気付いてください」

あ、ヤバい。こっち来る！

私たちは気配を殺しつつその場を離れた。充分に距離を取り、文化祭の喧騒《けんそう》に紛れると、ようやく息をつく。

「びっくりした……。あの二人、いつも一緒にいると思ってたけど、やっぱりそういう仲だったのね……」

「『そういう仲』って、一言ではまとめられない感じはしたけどな……」

確かに。さすがは紅先輩というか、恋愛面も一線を画している。……というか、若干ポンコツっぽい気も。

「……同情するよ、羽場先輩には」

水斗がぽつりと呟《つぶや》いた。

「え？　どうして？　紅先輩って確かに変人っぽいけど、可愛《かわい》らしくて素敵じゃない」

「素敵すぎるのも困り物だって話だよ」

そう言って、水斗はすたすたと歩き出した。

高嶺《たかね》の花《はな》すぎるってこと？　確かに存在感は雲泥の違いだし、本人もそんな風に言っていたけど……。

……別に、関係ないと思うけどなあ。

かつての私も、全然釣り合わないと思っていたあなたと、恋人同士になれたんだから。

AM11：34■彼がモテるのは嬉《うれ》しいけどそれはそれとして嫉妬はする

「あ……！　来た来た！」

教室の前で待っていると、ようやく結女ちゃんと伊理戸くんが雑踏の中から姿を現した。あたしがちょいちょいと手招きすると、二人は後ろ側のドア――お客さん用の入口のほうを見ながら駆け寄ってくる。

「ごめんなさい。ちょっと遅れちゃった。……ねえ、物凄《ものすご》く並んでない？」

「待機列が隣のクラスの前を横切ってないか……？」

「そーなんだよー！　思ってたより並ばせちゃって……時間制限かけて、急遽《きゆうきよ》席も増やしたんだけど、それでも追っつかなくてさあー」

隣のクラスが出し物に教室を使ってなくて助かった。もしそうじゃなかったら、今頃列が混ざっちゃってめちゃくちゃになってたところだよ。

「な、なんでこんなに人気なの……？」

「なんか口コミで広がってるみたい。木根《きね》ちゃんが作ったコーヒーが文化祭レベルの出来じゃなくてさ――あと、あちこち歩き回ってる二人がすっごい好評で大拡散中」

スマホを軽く振って見せると、結女ちゃんは「え、ええー……」って、困惑げだけどちよっと嬉《うれ》しそうに呻《うめ》いた。伊理戸くんは嫌そうに眉をひそめてるけど。

「とにかく手伝って！　もう人手が全然足んないんだから！」

「わ、わかった！」

結女ちゃんと伊理戸くんの手を引いて、教室の中に連れ込む。すると、

「あっ、さっきの人……！」「うわ～！　やっぱクソ似合ってる～～～!!」

店内が不意にざわついて、結女ちゃんは目を白黒させた。

ふふふ。やっぱ自己評価低すぎるよね、結女ちゃん。自覚しろ～。自分が超絶可愛いって自覚しろ～。

そして、もちろんというか、注目の的は結女ちゃんだけじゃない。

書生姿の伊理戸くんを見て、店内の七割以上を占める女性客が、ひそひそ囁《ささや》き合ったり小さく歓声を上げたり、はたまた無言で口を覆ってぷるぷるしたりしている。

当の伊理戸くん本人は、澄まし顔でそういう反応を無視していた。伊理戸くんが己のスペックの高さを自覚するのはウザいけど、知らんぷりされるのもそれはそれで釈然としないなあ。

カーテンで仕切ったスタッフスペースに入ると、結女ちゃんはまだ状況を飲み込めていない様子だった。

「ええっ……と……その、意外と女性が多いのね？」

「そうそう。女子中心に口コミが広がってるからさ。おかげで店内が女子寄りの空間になって、心配してたナンパとかは今のところぜーんぜんナシ」

　そもそも入場は招待制だし、例のシステムで共有されてくる情報も思ったより多くない。結果的には伊理戸くんの取り越し苦労で終わりそうだった。

「――やっと来たか、伊理戸ぉ……！」

　怨嗟《えんさ》の滲《にじ》んだ声を漏らしながら、スタッフスペースに男子たちが入ってきた。伊理戸くんと同じ書生姿で接客をしていたホールスタッフだ。

「お前を見て来た女子たちが、俺たちを見てひそひそ言うんだよ……！　『完成度微妙じゃね？』『さっき見た人のほうが良かったよね』ってなぁ……！」

「当たり前なんだよ！　普通の男子高校生は書生になれねえんだよ！」

「責任を取れ！　お前の存在感で俺たちの影を薄くしろ！　これ以上心に傷を負う前に！」

　哀れな……。

　あたしら女子みたいに色彩の華やかさで誤魔化《ごまか》せない分、男子は大変らしい。本来は知り合いだけが来て身内ノリで盛り上がれるはずだったのに、伊理戸きょうだいという広告塔が優秀すぎたせいで会ったこともないお客さんが来るようになった弊害だった。

　伊理戸くんに詰め寄る男子たちの後ろから、絶妙な軽薄さで人気を得つつある川波がニヤニヤしながら言う。

「お客がドキドキしながら待ってるぜ。とっととファンサしてこいよ、伊理戸」

「……はぁ……」

伊理戸くんは物憂げに溜《た》め息《いき》をつく。

それすら様になるんだから、なるほどこれはズルい。

「わかったよ。マニュアル通りの接客しかできないけど」

「充分だぜ。あんたなら余裕だろ」

川波が伊理戸くんに道を開ける。

あたしも結女ちゃんの背中を押して、

「結女ちゃんも！　ミスってもフォローするから安心して！」

「が、頑張る……！」

緊張の面持ちの結女ちゃんと、学帽を目深に被《かぶ》った伊理戸くんとを、同時にホールに押し出した。

と同時、

「はいはいはーい！」「オーダーお願いしまーす！」「こっちおかわりー！」

お客さんたちが一斉に手を挙げた。

うわーお。これ、絶対ほとんど悪ノリ。

いきなりキャパをぶっちぎったオーダーの嵐に、結女ちゃんはあわあわする。

「ど、ど、どうすれば……⁉」

「近くから行って、近くから！　残りはあたしたちがやるから！　はいこれ伝票！」

　伝票を渡して、結女ちゃんを近くのテーブルに送り出す。三人組の女子客だ。男子や大人のお客さんよりはやりやすいだろうと思ってたけど、

「わー！　近くで見ても綺麗《きれい》！」「髪どうなってんのそれ！　手入れガチすぎる！」「ね、写真撮っていい⁉　ストーリーに上げたいんだけど！」

「え、あ、いや、あの……」

「はいはーい！　お客様ー！　とっととオーダーしてくださーい！　チェキは一〇万円になりまーす！」

　女子特有の飽和攻撃に結女ちゃんが一瞬で限界になってしまったので助けに入る。女子たちは「高っ！」「アコギだ！」「まけろー！」などと言いながらけらけら笑った。本当のお店じゃないんだから、接客もこのくらいのノリでいいのだ。

「あ、暁月さん、ありがと～……！」

「どういたしまして。本当のお店でバイトしてるわけじゃないんだから気楽に行こ！　しばらくはあたしがフォローしてあげるから！」

「うう、不甲斐《ふがい》ない……」

　真面目だなあ。そういうところが可愛い！

一方、伊理戸くんのほうはと言うと――

「カフェオレがお一つ、アイスティーのストレートがお一つで間違いありませんか？」

「お、お間違いありません……」「あ、あの、お写真などは……」

「申し訳ありません。当店ではお断りしておりまして……」

困ったようにはにかんで見せながらそう言って、「はうっ……！」「い、いえ、大丈夫ですぅ……」と女子客を限界にさせていた。

意外だ。てっきり無表情で機械のような接客をすると思ってたのに、まさか営業スマイルを使いこなすとは。

「伊理戸くん、やればできるじゃん。いつもの冷たい対応は逆になんだったのって感じ」

「仕事になると、対人スキルのスイッチが入るみたい。文実でも割とあんな感じだし……」

「……どしたの？」

ふと結女ちゃんの顔を見ると、口の端を緩ませながらもちょっと唇を尖《とが》らせるという、複雑な顔をしていた。

結女ちゃんは恥ずかしげに伝票で口元を隠しながら、

「……水斗が他の人に認められてるのは嬉しいけど……他の女の子に笑いかけてるのは、ちょっと、やだ……」

「…………………」

何この子可愛いんだけど!!

「おおーい！　伊理戸！　ちょっと来い！」

近くにいた川波が、急に伊理戸くんを呼びつける。

伊理戸くんが怪訝《けげん》そうな顔でやってくると、川波は据わった目で、

「お前……もっと冷徹に接客しろ」

「どんな指導だよ」

「うるせえ！　笑顔の安売りはすんなって研修で習わなかったのか！」

「闇堕《お》ちしたマクドナルドかよ」

伊理戸くんの冷静なツッコミに、結女ちゃんが「くふっ」と小さく吹き出した。

AM11：55■働いてる友達がいつもと全然違う

ひょっこり。

やってきました、東頭いさなです。

この時間から水斗君や結女さんがシフトに入っていると聞きまして、一年七組、噂《うわさ》の大正ロマン喫茶に来てみたわけなんですが……。

「すごい人気です……」

入口から長蛇の列がずらーっ！　セールのときのミスドみたいになってます。

まあ、元々一人で入る勇気なんてありませんし、ましてや喫茶店なんて無理ゲーもいいとこなんですけど。まさかこれほどの人気とは。

ちょっと失礼して、窓から中を覗《のぞ》いてみましょうか。他にも行列を見て興味を持ったらしい人たちが覗いてますし、その中に紛れ込みまして……。

「……あ……」

水斗君と結女さん発見！

さっき水斗君は見ましたけど、結女さんもすごく似合ってます……。はー……。あの二人が中学の頃、付き合ってたんですよね……。うわー、なんかドキドキします。

接客中の姿はまた一味違いますね。さっき水斗君と会ったときは、やっぱり『ただ衣装を着てるだけ』という感じでしたけど、働いている姿を見ると、なんとなく本物っぽく感じるというか……いえ、本物の書生は喫茶店で働かないと思いますけど。

「ご注文は以上でよろしいでしょうか」

「は、はい……！」「以上で！　はい！　ありがとうございます！」

「ごゆっくりお楽しみください」

……というか。

なんか……水斗君の雰囲気が、いつもより柔らかいというか。優しいというか。

なんですか？　あのにこやかな顔は！　わたしがどんなにベタベタしても眉一つ動かさない塩対応の水斗君はどこに行ったんですか！　お客さんにだけあんないい顔して！　ずるいです！

きっと頼んでもやってくれないんでしょうねー……。お店に入る勇気もなければ、払うお金もありませんし、覗き見ながらほぞを噛《か》むばかりです。見てください。これが巷《ちまた》で水斗君の彼女と噂されている女の実態ですよ。

「――あれ？　東頭さん？」

「うにゃっ！」

急にひょこっと目の前に、南《みなみ》さんが顔を出してきました。わたしはびっくりして仰《の》け反《ぞ》ります。

南さんも結女さんと同じく袴《はかま》姿で、ポニーテールに和風の大きなリボンをあしらっていました。おお、リボンの柄が違うだけで、結構雰囲気変わるもんですね。

「こんなとこで何してんの？　中に入んないの？」

「そ、そんな勇気ありません……。列もすごいですし……」

「ははーん……。一人じゃ入りにくいから、そうして窓から伊理戸くんを覗いてるんだ？　どうよ？　感想は？」

「……水斗君じゃないみたいで、見てるだけでドキドキします……」

「おお、いい反応。東頭さん、まだ意外と乙女なとこ残ってるんだね」

「残ってますよう。毎日ときめきを浴びて限界化しながら女友達やってるんですよ！」

「それは彼女と何が違うのかね……」

半眼になって呆《あき》れ気味《ぎみ》に言う南さん。水斗君のほうが一ミリもときめいてなさそうなのが違いですよ。

「とりあえず中入る？　友達特権で入れてあげるよ？」

「い、いいですいいです！　並んでる人たちに悪いですし！」

「そっかぁ。んー……あ、そうだ。この後ヒマ？」

「え？　あ、はい。水斗君たちのお仕事が終わるまでは……」

「じゅーぶんじゅーぶん。あたし、そろそろシフト終わって自由時間なんだよねー。ちょっと付き合ってよ！　……協力してほしいことがあるからさ？」

「はあ……。別にいいですけど……」

協力してほしいこと？　クラスの展示にさえ協力しなかったこのわたしに？

「んじゃ、ちょっと待っててね東頭さん。着替えてこないといけないからさっ」

ぬふふと怪しい笑みを浮かべながら、南さんは離れていきました。結女さんに近付いて「ねえ、あれ借りるよ」などと話しかけています。結女さんは「え？　……ああ、なるほどね。任せたわ」と、わたしのほうを見て、やはり謎の怪しい笑みを浮かべました。

ええ……？　なんですか？　何の企《たくら》みですか……？

と、当惑するわたしをよそに、周囲から密《ひそ》やかな声が漏れ聞こえてきました。

「東頭って……」「ほら、噂の、伊理戸くんの……」「あ！　あの子が……！」

……ううーん。

周りは気にしないと決めましたけれど、それはそれとして、居心地というものがあります。これ以上目立つと死んでしまうので、わたしは名残惜しくも窓を離れ、七組の教室から少し距離を取りました。

南さん、何をするつもりなんでしょう……？　不安が止まらないんですけど！

PM12：16■人は忘れても因果は巡る

昼休みが近くなってきて、列をいったん打ち切った。いま並んでる分を捌《さば》いたらようやく休憩だ。そして午後は結女やいさなと一緒に文化祭を回る約束がある。不慣れな営業スマイルからついに解放されるというわけだ。

……が。

よりによって最後の最後に、厄介な刺客が現れた。

「おい、伊理戸。なんか呼ばれてんぞ」

スタッフエリアにいた僕を、川波が怪訝そうな顔で呼びに来た。

「呼ばれてる？　誰に？」

「さあ？　小学生を連れた、なんかすげー綺麗《きれい》なお姉さん。呼べばわかるっつーんだけど……どういう関係だよ？」

お姉さん。

僕の知り合いの中に、そう呼ばれそうな人間は一人しかいない。

「……わかった。行ってくる……」

「めちゃくちゃ面倒《めんど》そうな顔してんぞ」

「当たり前だろ——もしバイト先に親戚が来たら、君だってこういう顔になる」

「……あぁー……」

川波は納得しつつも不憫《ふびん》そうな顔になって、「頑張れ」と僕の肩を軽く叩《たた》いた。

さっきまでに比べたらだいぶ落ち着いたホールに出ると、すでに結女が、先にあの人に捕まっていた。

「——ほら、竹真《ちくま》。結女お姉ちゃんに何か言うことあるでしょー？」

「え、ぁ、うう……」

「円香《まどか》さん。そんな無理やり言わせなくてもいいですから……。ごめんね、竹真くん？　気を遣わなくていいからね？」

案の定、円香さんだった。

来ると言っていたし、結女が自分の分の招待状を送ってもいたが、厄介にも本当に来たらしい。しかもなぜか弟の竹真まで引き連れていた。可哀想《かわいそう》に。ただでさえ人見知りなのに、高校の文化祭なんて居心地が悪いんじゃないか？

女子高生と女子大生が顔を赤くした男子小学生を囲んでいる現場に不承不承ながら合流すると、円香さんが「おっ！」とこっちを見た。

「みーずーとくん！　評判は聞いてるよー？　この店のナンバーワンなんだってー？」

「格付けをした覚えはありませんし、僕は今だけの非常勤です。文実なので」

「またまたー。見てたよー？　女子にキャーキャー言われてるの！　にひひ。お姉ちゃんとして鼻が高いよ」

まともに取り合うと面倒そうなので、僕は目を逸《そ》らして結女に水を向けた。

「あんまり長いことサボるなよ。まだ他にも客がいるんだから」

「ホントに無愛想ね。円香さんにも対人スイッチ入れなさいよ。……ごめんなさい、円香さん。思ったよりもお客さんがいっぱいで……」

「いーよいーよ。わたしたちはここで眺めてるから！　仕事しててー」

結女が頭を下げて円香さんたちの席を離れる。竹真がその背中を、ちらちらと目で追っていた。……まあ、一般論として、突然あんな親戚ができたら憧れるのも無理はない。一般論としてな。

僕も席を離れ、順番待ちをしている客のところに向かった。ちょうど今、席が一つ空いたところだ。

「何名様ですか？」

「あ、二人ですー！」

中学生だろうか。それも一年生に見える。まだ背丈が伸びきっていない感じの、二人組の女子だ。片方は人懐っこそうだが、もう片方は常に斜め下を向いていて気難しそうだ。

これが午前の最後の客かな。

雰囲気作りの一環として壁に貼ってある大正時代の新聞や、当時の文士の作品を収めた本棚などを物珍しげに見る女子中学生たちを、席に案内する。

中学生の客は結構多い。兄姉や先輩から招待状を得て、オープンキャンパス気分で学校を見物しにくるのだ。つまり未来の後輩候補――だけど、この子たちが高校生になる頃には、僕はもう卒業しているだろうな。

席に着くと、人懐っこそうなほうが、印象の通りニコニコ話しかけてくる。

「お兄さん、すごいカッコいいですねー！　超似合ってるー！　ねっ、そう思わん!?」

「…………………」

話を振られた気難しそうなほうが、なぜか僕の顔をガン見していた。

この格好をしているうちに視線には慣れたが、いや、それにしてもこの見方は、まるで顔面にザリガニでもくっついているかのような注目だ。

なんだ？

不審に思った矢先、

「……あの……」

その女子中学生は、眉根を寄せて僕の顔をガン見しながら、ゆっくりと口を開いた。

「どこかで……会ったことが、ありませんか？」

「は？」

思わず営業モードが崩れて、素が出てしまった。

会ったことがあるか？　そう訊《き》かれたのか？

改めて、その女子中学生の顔を見る。ツーサイドアップというのか、ロングとツインテールを合体したような髪型で、あどけない顔は造作こそ整っているものの、ツリ目気味でキツそうな印象を受ける。

元より人の顔を覚えるのは得意じゃないが、このくらい年下になると、もうほとんど判別がつかなくなるんだよな。どうして人って成長すると子供の顔が区別できなくなるんだろう。

「すみませんが……覚えがありません」

「そう、ですか……」

どこか残念そうに俯《うつむ》く少女に、もう一人の人懐っこそうな少女が、

「えー？　珍しいじゃん！　あんたが男の人に興味持つなんて！　いつもクラスの男子にゴミを見るような目ぇ向けてんのにさー！」

「べつに……ちょっと勘違いしただけだから」

「聞いてくださいよお兄さん！　実はこの子ねー、小五の頃に、年上の……中学生くらいだっけ？　のカップルがチューしてるのを見ちゃったんですってー！　それが変にトラウマ？　になっちゃって、男子が苦手なんですよ！」

「ちょっと……！　喋りすぎ！」

なるほど。じゃあ今のガン見は警戒の視線だったんだろうか。……だとしても、さっきの質問は腑《ふ》に落ちないが……。

「では、次は女子のスタッフが伺います。よろしいでしょうか？」

「あ……ありがとうございます」

とは言うものの、男嫌いの女子中学生は、オーダーする間も僕の顔を睨み続けていた。

注文を取ってスタッフエリアに戻っていくと、結女がしらっとした目を僕に向けていた。

「……なんか、ずいぶん長く話してなかった？」

「向こうがお喋りだっただけだよ。ま、客足も落ち着いたし、多少時間を使っても大丈夫だろう？」

「ふうーん……」

結女はちらりと、さっきの女子中学生二人組を見やり、

「……一年生かしら」

「そのくらいだろうな」

「ちっちゃいわね」

「中一ならあんなもんだろう」

「…………中学生が好きなの？」

「ぶん殴るぞ」

確かに僕はかつて中学生と付き合っていたが、当時は僕自身も中学生だったんだよ。

妙な勘繰りに付き合っている時間はない。僕は半ば強引に話を仕事に戻す。

「あの中学生、髪の長いほうが男子苦手らしい。料理を出すときは君が行ってくれ」

「ふうーん……男嫌いの子にまで話しかけられたんだ……」

「もういいよそれは」

にっひっひ、という笑い声に振り向けば、円香さんがこっちを見て何やらニヤニヤ笑っていた。あっちもこっちも……大人しく紅茶をふーふー冷ましている竹真を見習ってほしい。

と思っていると、

「――あっ」

カップに口をつけようとした竹真が、肘を机にぶつけた。

ソーサーが机から滑り落ち、けたたましい音と共に砕け散る――ことを想像した直後、

「うあっと」

横から素早く手が伸びてきて、ソーサーをキャッチした。

近くの席にいた、さっきの男嫌いの女子中学生だ。

彼女はほっと息をついて、ソーサーを竹真に差し出す。

「はい、これ。気を付けなさい」

「ぁ……」

竹真はか細く声をこぼしながら受け取った。それを見て円香さんが「ごめんなさーい！　ありがとうねー！　ほら竹真も！」と言うと、竹真は失態の恥からか耳まで赤くした顔で、女子中学生の顔を見上げる。

「……ありがと、ございます……」

「――――うっ」

女子中学生は何やらたじろいだものの、「……べつに」と冷たく呟《つぶや》いて、席に戻った。

うーん。年下にすらあの態度となると、本当に男が苦手なんだろうな。

小五の頃に、カップルがキスしてるのを目撃して――か。今が中一とすると、二年前の話になるが――

――二年前――カップル――キス――小学生――

「……んん？」

何か……頭に引っかかるような？

「二番できたよ！　持ってって持ってってー！」

キッチン担当が張り上げた声で、違和感はどこかに消えてしまった。なんだったんだ？

PM12：48■女友達の容姿を褒めるのはなんとなく負けた気分がする

「暁月さんが？」

昼休みに入り、模擬店はいったん閉店となった。キッチンスタッフが食材の枯渇っぷりに悲鳴を上げ、近場のスーパーで買《か》い揃《そろ》えるために飛び出していく中、僕と結女は衣装を脱ぐため、指定の更衣室に向かっていた。

その途中、僕のスマホに謎のメッセージが届いたのだ。

結女は横から僕のスマホ画面を覗《のぞ》き込んで、

「『東頭さんは預かった。返してほしくば校庭のステージ横にある自動手相占い機のところまで来られたし』……こういうの好きね、暁月さん」

「どっちにせよいさなとは合流する予定だったし、ちょうどいいけどな。というか、自動手相占い機ってなんだ……？」

意味あるのか、それ？　というか、模擬店を自動で済ませてるクラスがあるってことか。

とりあえず僕たちは更衣室に行き、そこでようやく袴《はかま》姿から解放された。

僕が制服を着て男子更衣室を出ると、少し時間を置いて、女子更衣室から結女が出てくる。下は制服のプリーツスカートだが、上は黄色を基調としたクラスTシャツだった。

結女は僕の姿を見て首を傾《かし》げる。

「クラTはどうしたの？」

「……下に着てるよ」

僕はカッターシャツの襟元を軽く引っ張り、中に着ているTシャツを見せた。

以前にいさなとも話した通り、このクラスTシャツというやつはやっぱりあまり好きになれない。とはいえ機能性は悪くないし、今みたいに結女がうるさいから黙って着ているんだが——これから僕よりもクラTを憎んでいる節のある奴《やつ》と会いに行く都合上、インナーにして隠しておくのが無難だった。

脱いだ衣装をクラスに返してから、南さんに指定された場所に移動する。

校庭には模擬店の屋台が整然と並んでおり、それを抜けた先にイベント用のステージがある。演劇やバンド演奏などの出し物は、ここと体育館とに振り分けて行われていた。だが、今は昼休みなので、ステージには誰もいない。閑散とした観客用エリアを横断してステージの真横まで回っていくと、確かに見落としそうなほど端っこに、自動手相占い機の屋台があった。

そのすぐ横、植わった木の影に紛れるようにして、クラT姿の南さんと、何やら背中を丸めているいさながいた。

「お待たせ、暁月さん。東頭さんも。……何してるの？」

「……うう……わたしじゃないんです……南さんがいきなりぃ……」

いさなは木の洞《うろ》に向かってか細い声で呟きながら、肩をぷるぷる震わせていた。

僕は眉をひそめて、南さんを睨みつける。

「……何をしたんだ？」

「怖っ！　怒んないでよ、ちょっと着替えてもらっただけだって！　あたし信頼なさすぎでしょっ！」

逆に、信頼できるようなことを一度でもしたのかと問いたい。

言われてみれば、いさなの格好は制服ではなかった。上半身は黒っぽいケープで半分以上隠しているが、スカートは抹茶のような深緑で、その上に前掛けらしきものを着けている。どう見ても制服ではなく、どっちかといえばウエイトレスのような……。

「ほらほらっ、東頭さん！　せっかく着替えたんだからちゃんと見てもらいな！　だーいじょうぶだって！　めっちゃ似合ってるから！　結女ちゃんの目に狂いなしっ！」

「ひゃうぁあ!?　ちょっ、ちょっと心の準備がぁぁぁ……！」

いさなが南さんに強引に前を向かされると、「おーっ！」と結女が手を合わせた。

「よかった！　サイズ合ったんだ！」

「ばーっちりよ！　胸元が不安だったんだけどねー！」

ウエイトレスのよう、と連想したのは、大筋では外れではなかった。

ケープで胸周りが覆われているが、どうやら白いブラウスの上に胸の部分が空いたエプロンのような服を重ね着しているようだった。

一目で強くヨーロッパを思わせるその服に、僕は見覚えがあった。

「……ディアンドル……だったか？」

大学で衣装を物色したとき、円香さんが結女に着せようとしていた服だ。

確か、胸元が大きく開きすぎていたから僕が止め……て……。

「…………ああ、それでケープか」

「こんなので外出歩くなんて無理ですよおっ！　ドイツ人はどうかしてます！」

ケープの前を掻《か》き寄せながら、いさなは叫ぶ。それで胸元を隠しているわけだ。

南さんが「いひひ」と怪しく笑いながら、いさなの肩を後ろから掴む。

「大丈夫だよぉ……露出度で言えば、水着のほうがすごいんだからさぁ……自信持ちなよぉ……もう半端じゃなくエロ――じゃなくて、可愛《かわい》いんだからさぁ……」

「エロいって言ってますもん！　言ってますもん！」

「そんなこと言って――伊理戸くんには、見てもらいたいんじゃないの？」

「うっ」

「もう目覚めちゃったもんねぇ？　好きな人に可愛いって言われる楽しさに！　ただの友達だっていうならさぁ、変な遠慮もなく素直に褒めてもらえるんじゃないのかなぁ〜〜〜」

「ううっ……」

「唆《そそのか》し方が堂に入ってるわね……」

結女が苦笑いしながら評する。本当にいらないことしかしないな、この人は。

僕は呆《あき》れ気味《ぎみ》に、助けに入ることにする。

「無理強いをするな。たとえ同性でもセクハラに——」

「——ちょ、ちょっとだけなら……」

いさながチラチラ僕を見ながら、か細い声で言った。

「水斗君だけに……ほんのちょびっとだけなら……ま、まあ？　よく考えたら、夏休み中はタンクトップとかで遊びに行ってましたし？　大して変わりませんよ……ね？」

「僕に訊《き》くなよ……」

確かにその通りだが。この前の彼シャツに比べたら遥《はる》かにちゃんとした服装ではあるが。

いさながちょいちょいと僕を手招きする。どうやら付き合わないと進まないようなので、いさなに近付こうとすると、結女がくいっと僕の制服の袖を引いた。

「（ちゃんと褒めてあげないとダメよ？　……あんまりまじまじ見るのもダメよ？）」

どっちなんだよ。……本当に、どっちなんだよ。

結女が手を放したので、改めていさなに近付く。譲るかのように南さんが離れると、真昼の太陽がくっきりと落とす木陰の中には、僕といさなだけが残された。

いさなはケープに手を掛けたまま左右に目を泳がせ、それからようやく、上目遣いに僕の顔を見上げる。

「そ……それでは、失礼します……」

しゅるり、といさながケープの紐《ひも》をほどく。……そう厳かにされると、さすがの僕も緊張する。なんなんだこの時間は。真っ昼間の校庭の端で何をやっているんだ、僕たちは。

答えのない問いを虚空に投げているうちに、いさなはケープの前を、開けた。

「…………」

「…………」

……これ、は……。

わかっていた、はずだった。ディアンドルは、胸元や肩が大きく露出したデザインだということは。けれど……高校生離れしたスタイルのいさなが着ると、こんな風になるのか。

フリルで縁取られた白のブラウスを自称Gカップの膨らみが大きく持ち上げ、胸の谷間をすっかり露《あら》わにしていた。ブラウスとの間に小さな隙間ができていて、そこに指を突っ込んでずり下げたら簡単に脱げてしまいそうだ。

それだけなら、夏休みのときの油断しまくりの格好とさして変わりはしなかった。けれど、漫画ではファンタジーの村娘などがよく着ているディアンドルは、素朴な容姿のいさなによく似合っていて——

「ど……どうですか……？」

不安げな目をして、いさなが訊いてくる。

今、僕の心にあるのは、たった一つの想《おも》いだった。

なんか——悔しい。

いつも雑を極めた格好をして、からかうのも下手くそないさなに、こんな感想を抱くなんて——何だか負けた気分がしてならなかった。

だけど……いさなとしては、ちゃんと言ってやらないと、着せられ損だよな。

僕は数秒、言葉を探したけれど、文才なき身では無駄な抵抗だった。

「…………かなり似合ってる。可愛いと思うよ」

「うえっ？」

いさなは驚きに目を瞠《みは》り、しきりに瞬《まばた》きをして、徐々に顔を赤らめていった。

「ほ……ホントですか？」

「社交辞令は苦手だよ。知ってるだろ？」

「犬とか猫の『可愛い』じゃ——」

「ない」

「……ち、ちなみに……どの辺りが……？」

「全体的にだよ。細々と語ったら気持ち悪いだろ」

「………うぇへ。うぇへへ。うぇへへへ………」

いさなは照れて、はにかみとオタク笑いの中間みたいなのを繰り返す。

僕は謎の敗北感で目を逸《そ》らした。喜んでいただけて恐縮だよ。

「えへ。そんなに水斗君の性癖に刺さるなら、しばらくケープも取っておきますかねえ。えへへ！　仕方ないですね。水斗君の趣味なので！　えへへへ！」

「……ちなみに、訊いておくが」

「はい？」

あっという間に調子に乗ったいさなに、僕は現実を突きつける。

「下着は……どうなってるんだ、それ？」

どう見ても……ブラジャーがあるべき位置に、布が見えないんだが。

いさなは照れ笑いのまましばらく固まって――すす、とケープの前を閉じた。

「……やっぱりこうしておきます……」

「そうしろ。生徒指導室行きになりたくなければな」

やれやれ。……円香さんを止めておいてよかったな、本当に。

PM01：05■複雑な少女たち

「良かったの、結女ちゃん？　仕掛けたあたしが言うのもなんだけどさ」

我に返ってケープを着直した東頭さんと、呆《あき》れながらも笑みを滲《にじ》ませる水斗を眺めていると、暁月さんがこっそり訊いてきた。

私は曖昧な笑みを浮かべる。

「いいんじゃない？　あの二人にはこのくらいのこと、もう今更だろうし」

「まーねぇ。好感度だけはお互いにマックスだしね」

今までに幾度となく味わった、不思議で複雑な感情だ。

嬉《うれ》しそうにする東頭さんを見て、私も嬉しくなる。……それと同時に、そこで笑っているのが自分だったならと、嫉妬にも似た羨望がずくずくと胸を衝《つ》くのだ……。

まだ気持ちが定まらず、自分の立ち位置がふわふわしていた頃なら、それは不快なものだった。……けれど、自分の欲しいものがはっきりした今ならば、その複雑な感情も受け入れられた。だってそれは、私がまた、はっきりと彼のことが好きになったんだっていう、証《あかし》だから。

「……成長したねぇ、結女ちゃん。伊理戸くんの名前呼びに動揺して泣きついてきた子とは思えないよ」

「いや、まあ、不安なのは不安なんですけど」

その不安に引っ張られすぎない術《すべ》を覚えたというだけでして。大丈夫大丈夫って自分に言い聞かせてるだけでして。

例えば今で言うと、ほら、私も可愛いって言われてますし？　大正ロマン衣装、水斗の性癖にガン刺さりでしたし？　だから大丈夫大丈夫。互角互角。

「それじゃ、ここから先は一人でできるかな？」

暁月さんはからかいの笑みを浮かべて、小さな子に話しかけるように言った。

自分のほうが子供みたいな身長なのに――という言葉は飲み込んで、私は肯《うなず》く。

「うん、大丈夫。……だから、暁月さんも川波くんのところ行ったら？」

「なーんでそうなるか！　どうせあの陽キャは他の友達と遊んでるよっ！」

仕返しにからかってみたら、見事に意地っ張りで拗《す》ねた答えが返ってきた。保護者ぶるくせに、自分のこととなると弱いなあ……。

「頑張って。文化祭はまだまだこれからだし」

「何を頑張るの。……まあ、たまたま会ったらちょっかいかけるくらいはするかもね」

ふいっと顔を逸らして、暁月さんはポニーテールを犬の尻尾みたいに振った。

ＰＭ01：10■天然小悪魔コピー不可

暁月さんを見送って三人になった私たちは、ひとまずお昼ご飯を食べることにした。

「私たちはいったん閉めちゃったけど、屋台系は今もやってるわよね？」

「そうだな……。コスパは悪いが仕方ないか。今日は弁当もないし」

「あっ……！　じゃ、じゃあいいですか？　いいですか⁉　たこ焼き食べたいです！」

東頭さんは意外と屋台が好きらしい。でも人見知りだから、一人では回れないんでしょうね……。わかるー……。

たこ焼き屋さんに行って、一人一つずつ購入する。冷凍食品に比べたら割高だけど、今日の分の軍資金はもらってるから、むしろちゃんと使わないとね。

「熱いわよ。気を付けてね」

「はい！　ふー、ふー……はふはふ」

東頭さんは私よりちょっと背が高いんだけど、たこ焼きを熱そうに頬張《ほおば》る姿は、何だかリスみたいで可愛かった。

こういう可愛げが足りないんだろうなー、今の私には……。よーし……。

「……はふっ！」

あえて冷まし切らないままたこ焼きを頬張ると、当然ながら普通に熱くて、私は口を手で覆った。

水斗が呆《あき》れた目でこっちを見てくる。

「人に言っておいて世話ないな」

「ぁふっ……お、思ったより熱かったの！」

意外と抜けてるアピール——のつもりだったけど、本当に熱くてそれどころじゃなかった。口の中火傷《やけど》したかも。

東頭さんはもぐもぐごくんとたこ焼きを飲み込むと、「う～……」と口に手を当てながら何やら唸《うな》る。

「ベロ火傷しちゃったかもです……」

「おいおい。大丈夫か？」

「見てください～……」

んべっ、と。

東頭さんはいきなり、口を開けてピンク色の舌を水斗に見せた。

ええっ⁉　そっ、それは……！　え？　恥ずかしくないの⁉

驚いているのは私だけだった。水斗は平然とした顔で東頭さんの舌を覗《のぞ》き込んで、

「確かにちょっと荒れてるな。冷たいジュースか何かで冷やすか」

「お願いしまふ～……」

た、確かに可愛《かわい》げはあるけど……。ドキッともするかもしれないけど……。し、舌……舌かぁ……。

「み、水斗……」

「ん？」

私は水斗の制服の裾をくいくいと引く。

あとは口を開けて、舌を出すだけ……。んべっと……舌を……。

「……な、何でもない……」

「そうか？　じゃあ飲み物買ってくるから、これ持っててくれ」

水斗はたこ焼きのトレイを私に渡して、近場の飲み物屋台に向かう。

私は両手にトレイを持った格好で、静かに落胆した。

……無理だぁ……。私は東頭さんにはなれない……。

「どうしたんですか、結女さん？　はふはふ」

「東頭さん……人ってどうやったらそんな恥知らずになれるの？」

「あれ？　もしかしてわたし、痛烈な批判を受けてませんか？」

PM01：18■あたしには全然まったく関係ないし

「あーあ、つまんねー」

賑わう廊下を歩きながら、麻希ちゃんが不貞腐《ふてくさ》れたように言った。

「わたしらの友情はどこに行ったって言うのさ！　伊理戸さんは仕事だから仕方がないとしても、奈須華の奴《やつ》、彼氏なんか優先しやがってさーあー！」

「仕方ないよー。付き合いたてなんだからさ。一番楽しい時期を邪魔しちゃ悪いよ」

「本人は一ミリも楽しそうじゃなかったが!?」

確かに、彼氏に会いに行くという奈須華ちゃんは、普段とまったく変わりのない無表情だったけど。

「でも、無表情に見えて実は内心そわそわしてたら可愛いよね」

「うガーッ！　甘酸っぺぇことを言うなあーッ!!　彼氏が欲しくなるだろうがーッ!!」

「どうどう。鎮まりたまえ、あたしが付き合ってあげるから」

「ううっ、やったぁ……彼氏はできないけど彼女ができたぁ……。二人でイチャイチャしようね、あっきー……」

「はいはい。いちゃいちゃ」

大型犬みたいに抱きついてくる麻希ちゃんを撫《な》で撫でして慰める。友達を取られて寂しい気持ちは、あたしにもわかる。まあでも、奈須華ちゃんは——それに結女ちゃんも、彼氏ができたからって友達のことを忘れちゃうような子じゃないから、我《わ》が儘《まま》言わずに応援してあげないとね。

なんてやりながら、文化祭を回っていく。屋台で売っていたフランクフルトをもがもがとやけ食いする麻希ちゃんを見てひとしきり笑うと、バンド演奏や演劇をやっている体育館に移動した。

「バスケ部の先輩がバンド組んで出るんだよねー」

「好きなの？」

「別にー？　でも周りがキャーキャー言ってるから、一応見とかないと置いてけぼりじゃん？」

「あー、なるほどー。さぞおモテになられるイケメンなんでしょうなあ」

「いや、女の先輩だけど」

「おうふ」

バスケ部でバンドって、どんなモテ要素のキメラかと思いきや、さらに上を行かれた。

体育館の中は薄暗く、ステージだけが煌《きら》びやかに輝いていた。薄闇の中に、大勢の観客がすし詰めになっている。

「うぬぬ……見えない……」

「抱っこしてあげよっかー？」

あたしが頑張って背伸びをしていると、麻希ちゃんが了解も取らずに抱きかかえてきた。

おのれー……自分が背高いからって！　けどおかげでステージが見えた。どこかのクラスだか部活だかがダンスしている。

と、

「……ん？」

観客の海の中に、見慣れた頭があった気がした。

……いや、見間違いじゃない。あの毛先の遊び方……川波の頭だ。

そして、その隣には――

「……………………」

いや、関係ないし。

あたしには、まったく、関係ないし。

あいつが、クラスでよくつるんでる西村《にしむら》さんと、二人でそこにいるからって、何にも関係ないしどうでもいいし。

「あー、腕疲れてきた！　下ろすよー」

麻希ちゃんがあたしを床に下ろし、顔を覗き込んできた。

「どしたん？　不機嫌そうな顔して」

「……べつに、何でもないよ」

「もしかして、勝手に高い高いしたの怒った？　だったらごめん！　あっきーが背え小《ち》っちゃいの気にしてるの知ってるのに！　でも小柄なのも可愛いと思う！」

「勝手に慰めるなあ！　別に気にしとらんわーっ！」

　確かに、西村さんがあいつに気がありそうなのは、なんとなくわかってた。だってあいつ、西村さんと話してる途中でよくトイレ行ってるし。……感じてるってことだ、彼女の好意を。で、例のアレルギーを発症してる。

　普通、嫌にならないの？　話してるだけで蕁麻疹《じんましん》出ちゃうような相手。あたしだったらうんざりする。だから、あたしはちゃんと、気を遣ってあげてるのに、さあ――

　音楽が終わり、観客の一部がばらけて出口に動いた。「うおっと、避《よ》けよ避けよ」と、麻希ちゃんに引っ張られて、出ていく人に道を開ける。

　外に流れ出ていく人波――その中に、さっき見た頭が交ざっていた。

「あれ？　川波――と、西村？」

　川波が何か話すと、西村さんが肩を揺らして笑った。また、くだらないことを喋《しゃべ》っているんだろう。あたしに言うのと、同じような――

「うわー、仲良いとは思ってたけど、まさかいつの間に――」

「…………………」

「——ひぇっ!?　……あ、あっきー？　なんか怖いんだけど……？」

「……そんなことないよ」

「そんなことあるってぇ！」

あたしには関係ないし。あいつがモテるなんて元から知ってるし。……嘘《うそ》つきなのも、大昔から知ってるし。

　だから、恋愛はするものじゃなくて見るものだーなんて言いながら、しれっと文化祭デートしてたって、全然意外じゃないし。

「人少なくなったよ、麻希ちゃん。今のうちに前行こ」

「え、ええー……この流れで先輩のバンドにキャーキャー言うのは無理なんだけど……」

　麻希ちゃんの手を引いて、ステージの近くに移動しようとした——寸前。

　体育館の外から、声が聞こえた。

「あ、いたいた！　川波ぃー！」

「おー、お前ら！　ったく、はぐれんなよなー」

「あんな人混みじゃしょうがないじゃんかぁ！」

　振り返ると、体育館の出入り口のすぐ近くで、川波と西村さんを含めた五人くらいの同級生が集まっていた。

男女入り混じったそのグループは、騒がしくふざけ合いながら体育館を離れていく。

「……あっきー？」

同じようにそれを見ていた麻希ちゃんが、あたしの顔を覗き込みながら、

「良かったじゃん。デートじゃなくて」

「…………関係ないし」

「あーあー、結局わたしだけかよー、アオハルしてねーのはー」

「だから関係ないってばっ！」

ＰＭ02：35■過去と現在

「いやー、無事に脱出できてよかったですねえ。面白かったですー！」

「ね。今までの答えが最後の謎解きのヒントになってるって気付いたときは、本気でびっくりしちゃった」

「まあよくある構成じゃあるんだろうが、よく考えられるもんだよな、あんなの」

謎解き脱出ゲームのクラスから出て、僕たちは感想を言い合いながら歩いていた。三人でいろいろと回ったが、あの脱出ゲームは出色の出来だ。僕たちの好みに合っていたのもあるが、文化祭特有の内輪ノリに甘えず、エンタメとして細かいところまで考えられていて、ストレートに遊びごたえのある作品だった。

「水斗君と結女さんがいて本当によかったです！　一人じゃ絶対入れてませんでしたから」

「まったくだ。僕も文化祭のことを見くびってた。まさかあんな出来のいいモノを作るクラスがあるとは思わなかったよ」

「ねー！　陽の者がしょうもない出し物をテンションだけで誤魔化《ごまか》して内輪ウケだけしてるイベントだと思ってましたよねー！」

「いや、文化祭への認識ひどくない？」

普通だと思うが。

なんとなく歩いていると、中庭に出た。ちょうど三年生がパフォーマンス中で、女子が勇壮な声色で何かのアニメの主題歌を熱唱していた。それをＢＧＭにしながら、結女が文化祭のパンフレットを開く。

「次はどこに行く？　午後の部が始まってるクラスも多いけど」

いさなは首を傾《かし》げながら空中を見上げる。

「んー……さっきのでちょっと燃え尽き症候群というか……」

「そうだな。少し休憩を入れてもいいんじゃないか？」

「そっか。確かにずっと歩き回ってたし……あ、だったら私、トイレ行ってこうかな。東頭さんは大丈夫？」

「だいじょぶですー。行ってらっしゃーい」

「すぐ戻ってくるから、この辺りで待っててね」

結女が校舎の中に戻っていく。それを見送ると、僕たちは渡り廊下の柱に背をもたせかけて、熱唱する三年生を眺めた。

していると、

「水斗君、水斗君」

「ん？」

振り向いた瞬間だった。

「ちらっ」

いさなが胸周りを覆うケープの襟元をくいっと引っ張って、大きく露出したディアンドルの胸元をチラ見せしてきたのだった。

「……ハマったのか、それ？」

「エロくないですか？　大勢の人がいる公共の空間で、水斗君にだけ見せちゃうんです」

「余計な性癖を開拓してしまったようだな……」

安易に褒めたりしなきゃ良かった。

誘惑というよりシチュエーションを楽しんでいるらしいいさなは、「くふふ」と口を押さえて密《ひそ》やかに笑う。

「水斗君も真似《まね》していいですよ。結女さん相手に」

「残念ながら見せるものがないんだよ、男には」

「いやいや、わかってませんね水斗君は。胸見て興奮するのは女子も男子も一緒ですよ？」

「僕は興奮してないが」

「ふふふ。そういうことにしておきましょう。友達のよしみで」

調子に乗ると本当に鬱陶しいなこいつは。

「まあ、それはしないにしてもですね、ちょっとアプローチが少ないんじゃないですか？

せっかくの文化祭だっていうのに。結女さんをオトす気がないんですか？」

「元々ないよ、そんな気は。……文実が思ったより忙しくてさ。特にあいつは、どうやら委員長に気に入られたみたいで……だから、あんまり邪魔はしたくないんだよ」

「言い訳……じゃ、ないみたいですね。結女さんは邪魔だとは思わないと思いますけど？」

「当人がどう思ってるかは関係ない」

今、何を重視すべきなのか。……それを決めるのは、本人の感情じゃない。

「むう」

いさながじっと僕の顔を見つめて、怒ったように唇を尖《とが》らせた。

「水斗君、また何か面倒くさいことを考えてませんか？」

「この前の君ほどじゃないと思うけどな」

「超面倒臭いわたしのことを正確に理解できるってことは、それ以上に面倒な性格をしてるってことなんですよ！」

……正直、反論しがたいな、それは。

「水斗君は頭がいいので、周りのこととかいろいろ含めて考えちゃうんでしょうけど、まずは自分のことじゃないですか？　それ以外のことは後回しでいいじゃないですか」

「そうなんだろうな。……たぶん、正しいよ、君の言うことは」

けれど、……それは、自分というものがある人間のやり方だ。

自分というものを信じられる人間のやり方だ。

僕は、僕の中にある、郷愁めいたこの感情に、従う気にはなれない。

だって——そうだろう？

これは、どうしようもないくらいの、失敗の記憶なのだから。

「なあ、いさな。これは、冗談として聞いてほしいんだが」

「はい」

「僕は本当は、君の告白を受けるべきだったのかもしれない——って言ったら」

「怒ります」

「……だよな」

僕は自嘲気味に口の端を上げた。そんな虫のいい話が通るはずもない——

「でも」

いさなはまだ、じっと僕の目を見つめていた。

「改めて、水斗君から告白してくれるなら、喜んでOKします」

僕は意外さに目を開いて、いさなの目を見つめ返した。

「それは……どういう違いがあるんだ？」

「そうですね……。たぶん、過去か現在かの違いじゃないですか？」

「……過去か、現在か？」

「過去の選択を悔やんで、今までのことをなかったことにするようなセーブ＆ロードをされるのと、今現在のわたしを見てくれた上で新たに選択肢を選ぶかの違い——ですかね。きっと」

……ああ、なるほど。

やっぱりこいつの言葉は理路整然としていて、わかりやすい。

「わたしはですね、水斗君と出会ってから、結構変わっているんですよ？　そして、水斗君に出会ってからの自分のほうが、わたしは好きなのです。なので、そのわたしを選んでくれるなら、彼女でも嫁でも喜んでなりますし、その日のうちにお家《うち》に連れ込んでえっちなことをします」

「性欲が前面に出過ぎなんだよ」

「わたし的には重要なのです。水斗君的には違うんですか？」

違う。

僕にとって、重要なのは——

——ああ、まただ。

違うということだけはわかるのに、じゃあなんだと考えると、……何もない。

「んー……水斗君、そういえば——」

「——失礼」

いさなが何か訊《き》こうとした瞬間、低い声が割って入ってきた。

前を見ると、ジャケット姿の男性が立っていた。四十代くらいだろうか……やり手の実業家っぽい雰囲気が漂っている。誰かの親か？

「道を尋ねたいんだけど……大丈夫かな？」

「ああ、はい」

僕は二の腕に文実の腕章を付けている。それを見て話しかけてきたのだろう。

急速に存在感を薄くするいさなをよそに、実業家風の男性は言う。

「一年七組はどこにあるのかな？」

ウチのクラス？

意外に思いつつも、僕は委員として粛々と答える。

「あちらの校舎の二階です。階段を上がって三つ目の教室です」

「そうか。ありがとう。助かったよ」

それから、男性は僕の隣で身を縮めているいさなを見て微笑《ほほえ》んだ。

「素敵な彼女だね。大切にしてあげるといい」

「ひうっ」

急に水を向けられてビビったのか、いさなは小さく悲鳴を上げて僕の服を摑《つか》んだ。

「それじゃあ。本当にありがとう」

男性は校舎の中に消えていった。

ウチのクラスの誰かの父親だったのだろうか。ずいぶん気さくな人だったが。

「……えへ。えへへ……。素敵な彼女らしいですよ、水斗君！」

「そうだったら良かったな」

「はい！　……って、水斗君だけは言っちゃダメな台詞《せりふ》なんですけど！」

むくれるいさなを、犬のようにあやして宥《なだ》める。

……大切にしてあげるといい、ね。

言葉にするほど、簡単じゃあないんだよ。

ＰＭ03：45■この世には二種類の人間がいる

トイレ休憩を挟んだ後、水斗と東頭さんと一緒に出し物をいくつか回った。

体育館でバンド演奏を見たり、プレゼンで争った本格的メイド喫茶に行ったりしていると、あっという間に時間が過ぎた。

いつもなら授業が終わっている時刻になっているのに気付いて、私は水斗に言う。

「そろそろ後夜祭の準備に行かなきゃじゃない？」

「ああ——もうこんな時間か」

水斗もスマホで時間を見て呟《つぶや》く。

後夜祭。キャンプファイヤーだ。後片付けは明日だから、それの準備が、今日の文化祭実行委員としての最後の活動となる。

それを聞いて、東頭さんはあからさまにしゅんとした。

「そうですか……。お仕事なら仕方ないですね……」

「東頭さんはこの後、どうするの？　クラスの打ち上げとか？」

「ウチのクラスはそういうのないと思いますし、あったとしても絶対行きませんよ」

絶対って。自信満々に言うことなの？

「うーん……後夜祭は自由参加ですよね？　でっかい火は見てみたい気もしますけど……」

キャンプファイヤーをでっかい火って。

「せっかくだし最後まで見ていったら？　別に踊らなきゃいけないってわけでもないし」

「でも、水斗君たちがいないなら、別に面白くなさそうですし……たぶん八割くらいの確率で帰っちゃいそうですね」

「だったら僕が付き合おうか」

その水斗の発言に、私は「えっ？」と振り返った。

東頭さんはパッと顔を明るくして、

「本当ですか？」

「準備が終わったら、もう仕事は何もないしな」

「だったら帰らないでおきます！　あとで連絡してくださいねー！」

嬉《うれ》しそうにそう言って、東頭さんは自分のクラスへと戻っていった。

平然とした顔でそれを見送った水斗に、私は困惑の視線を向ける。

「なんであんな約束しちゃったの……？」

「何がだ？」

「だって——後夜祭の間は、文実の打ち上げがあるじゃない！」

そう。後夜祭の時間は、文化祭が無事に終了したことを祝う打ち上げがあると、最初から決まっているのだ。この数週間、苦楽を共にした委員たちが互いを労《ねぎら》い合う、文化祭実行委員としての、本当の最後のイベントだ。

水斗がそれを知らないはずがない。だって、私が伝えて、『わかった』と肯《うなず》いた。打ち上げに来てくれる程度には馴染《なじ》めたんだって安心した。なのに——

「文実の後はクラスの打ち上げもあるし……あなたはトップクラスの功労者なんだから、出ないわけには——」

「それは仕事か？」

虚無だった。

感情のない、空っぽな虚無の瞳で、水斗は私を見ていた。

「その打ち上げとやらは、仕事なのか？」

「え……いや……別に、仕事ってわけじゃ……」

「だったら、自由だろう」

「で、でも！」

私は気付くと、水斗の制服を掴んでいた。

引き留めるように。

捕まえるように。

「お世話になった先輩もいるし……ちゃんと最後の挨拶も、必要でしょ……？」

「それは明日、後片付けが終わって解散のときで充分だろう」

「せ……せっかく少し馴染めたのに、水の泡になっちゃうわよ？　付き合いの悪い奴《やつ》だって、また思われちゃうわよ？　それでもいいの……!?」

「何か問題があるか？」

少しも、揺れなかった。

水斗の瞳には――ほんの少しも、感情が揺り動かされた様子はなかった。

「文実の仕事も終わる。どう思われたところで支障はないだろう？」

「そんな……仕事のためだけに仲良くしてたみたいな……」

「いや、その通りだろ、普通に。多少は愛想を見せないとできる仕事もできなくなるってことくらい、経験のない僕にだってわかるよ」

何を言ってるんだこいつは。

そんな言葉が透けて見えるくらい、水斗は怪訝《けげん》そうに、眉をひそめた。

「服、……放してくれ。時間、ないんだろ」

「……うん。ごめん」

水斗の服から手を放す。

それと同時に、彼という存在そのものが、離れていってしまったような気がした。

家に帰れば顔を合わせる。毎日同じ教室で授業を受ける。

だけど今夜、私は文実の打ち上げに出て、彼は東頭さんと一緒に過ごす。

たったそれだけで——終わってしまう気がした。

私と彼の間に、どうしようもない壁が、築かれてしまう気がした。

「……服といえば」

水斗が制服の襟元を引っ張って、中に着た、黄色いクラスTシャツを見下ろした。

「このTシャツ、どこに返せばいいんだ？」

「……持って帰るのよ」

思い出として。……普通は。

「ああ……そうだったのか」

私は、今になって、今更に、理解する。

この世には二種類の人間がいる。

文化祭を思い出として大切にする人間と、面倒な行事としてやり過ごす人間だ。

私と彼は——違う人間だったのだ。

「……ごめんな」

そんな声が聞こえた気がした。

きっと幻聴だと思う。

その後、私たちは無言で、粛々と、仕事をこなすために歩いた。

「ありがとう」

中学最後の文化祭、君は友達と楽しそうに笑っていた。

僕は逃げるように屋上に出る。喧騒《けんそう》が遠ざかり、賑わう祭りを見下ろして、ようやく胸のざわめきが治まった。

これでいい。

僕はこれでいい。

僕たちはこれでいい。

今までのことは何かの間違いだ。アヒルと白鳥の子が、子供であるがゆえに一緒にいられた、ただそれだけのこと。

ああ、もちろん白鳥は僕のほうだ。君は自分だと言うだろうけど。

だからこそ、これでいい。

美しささえ共有できない僕たちが、どうして一緒にいられるっていうんだよ？

……ごめんな、綾井《あやい》。本当にごめん。

僕には、心の中で謝ることしかできない。

本当はきっと、もっと別の言葉を、君に贈るべきだとわかっているのに。


一年前から今までずっと、僕は僕の定義付けを試みていた。

僕と彼女には隔たりがあると知っていたのに、どうして結局、別れるのを卒業まで引っ張ったのか。

以前は好きだったはずの言葉が、仕草が、どうしていきなり、何もかも疎ましく感じるようになったのか。

きっと僕の中には、好意と嫌悪が共存していたのだ。君が好きだったのは真実で、君が嫌いになったのも真実で、矛盾するのに、両方とも間違っていない。

それが苦しかった。痛かった。悲しかった。

矛盾が生み出す軋轢《あつれき》が、ずっと僕の精神を軋《きし》ませていた……。

だから、ようやく別れを切り出したあのとき、あんなにも晴れやかだったのだ。

もう、恋人でないのなら。

僕は彼女のことが、嫌いなんだということだろう。

矛盾が消え、軋轢が消えた。

だから、義理のきょうだいになったときも、別れる前よりかは楽だった。

別に、家族であることと嫌いであることは矛盾しない。

『嫌いになったから別れた』。僕がつけたその決着に、何ら疑義を呈するものじゃない。

……そのはずだったのに。


あの夏の日に、すべてが狂ったのだ。

花火に照らされた君の顔が、僕の定義を歪《ゆが》ませたのだ。

すべて嘘《うそ》だと言ってくれ。ただの夢だと言ってくれ。

でなければ僕たちは、何のために別れたんだ？

あの苦しみは、痛みは、悲しみは、いったい何だったんだっていうんだ？

嫌いになったから別れた、そのはずなのに。

どうしてこんなに、君の顔が焼き付くんだ——

◆　川波《かわなみ》小暮《こぐれ》　◆

『——これにて、今年度の洛楼《らくろう》高校文化祭を終了します。ご来場ありがとうございました』

校内放送を聞きながら、オレは「はあー……」と深い溜《た》め息《いき》をついた。

食材が尽き、茶葉が尽き、豆が尽き、そして時間が尽き、忙しかった文化祭もようやく終わりだ。

まるでバイトでもやってるみたいだったな。ま、やかましい上司や先輩がいないってだけで、働くのも悪くなかったけどよ。

「お疲れ」

客のいないテーブル席でぼーっとしていると、ぴたりと冷たい缶が頬《ほお》に当てられた。

振り向くと、クラT姿の暁月《あかつき》がいた。

チビ女は、オレの対面に腰掛けると自分の缶ジュースを開ける。オレンジジュース。オレに渡されたのはコーヒーだった。

「……豆から挽《ひ》いたコーヒーを一日中運んでたってのに、自分で飲むのは缶コーヒーか」

「飲みたくなってる頃かなって思ってさ」

「サンキュー」

業腹ながら、よくわかってやがる。オレは缶コーヒーのプルタブを開けた。

高級とは言いがたい苦味と酸味を舌で転がしながら、周囲の喧騒に身を浸す。暁月や伊《い》理《り》戸《ど》さんとよくつるんでる坂水《さかみず》が、コンビニ袋をジュースやお菓子でパンパンにして登場し、クラスメイトに配っているところだった。この缶コーヒーも、あの物資の一部だろう。

「どうだった？　文化祭」

元気にテンションをブチ上げているクラスメイトの声に混じって、暁月の声が届いた。

幼《おさな》馴《な》染《じ》みの声は、どんな環境でも不思議と響く。

「楽しかったぜ。特に二年の脱出ゲームは傑作だったな」

「あ、あれ行ったんだ？　あたしも麻希《まき》ちゃんと行ったー。途中でタイムアップになっちゃったけど」

「はッ。背丈だけじゃなくて脳味噌《のうみそ》まで小《ち》っちぇーな。オレたちはクリアしたぜ」

「何それ小顔って意味？　そっちは五人でこっちは二人なんだから仕方ないじゃん」

「……ん？　五人で回ったって言ったっけか？」

「あ」

　暁月は気まずそうに目を逸《そ》らした。どこかですれ違ってたんかね。

「回ったっていやあ、伊理戸たちはどうなったんだろうな。模擬店の準備が忙しすぎて、あんまり口出せてねーけど」

「あんたが口なんか出さなくたって、ちゃんとデートしてるよ。……東頭《ひがしら》さんも一緒だったけど」

「はあ？　何してんだあの女。それじゃデートじゃねーじゃねーか！」

「仕方ないじゃん。あの過保護な伊理戸くんが、東頭さん一人だけ放っておくわけないし」

「そりゃそうだが……」

「文実の見回りで二人きりの時間はあったみたいだし、いいんじゃない？」

まったくもって焦《じ》れってーな。そういうもだもだも、恋愛の醍醐味《だいごみ》なんだろうけどよ。

「……まあ、まだ後夜祭もあるしな。東頭の奴は、どうせとっとと帰るんだろうし」

「そうだねー。文実の仕事だってもうほとんどないだろうし……」

……後夜祭か。

オレは、どうすっかな――

「――ねえ」

ふと過《よ》ぎった思考を目に見ていたかのように、暁月は言った。

「後夜祭……誰かと、約束してる？」

「……別に？」

「自称モテるんでしょ？　誘われてないの？　……西村《にしむら》さんとか」

「喧嘩《けんか》売ってんのかてめえ。んな告白紛《まが》いのことされたら、今頃保健室で寝込んでるっつーの」

「それじゃあ……あたしと行こうよ」

暁月は――あーちゃんは。

窓から射《さ》し込む夕日を背負いながら、そう言った。

逆光で薄い影に覆われた瞳が、窺《うかが》うようにオレの顔を見つめていた。

ぞくりと、腕の皮がざわつく。

告白紛いの――

「そしたら、あんたもゲロ吐かずに済むでしょ？」

「……あ？」

「幼馴染みのよしみで、女除《よ》けになってあげるって言ってんの。まあ一応、その体質はあたしが原因だし、そのくらいの責任は取ってあげるよ。……あれ？」

頭が置き去りにされたオレを見て、暁月はことりと首を傾《かし》げて、にやりと口の端を吊《つ》り上げた。

「もしかして、告られたと思った？」

「……んなわけねーだろ」

「マジ自意識過剰。きも」

「んなわけねーっつってんだろ！」

くっくっく、と暁月は勝ち誇るように笑う。

……自意識過剰はどっちだってての。くそっ。

◆　伊理戸結女《ゆめ》　◆

『――これにて、今年度の洛楼高校文化祭を終了します。ご来場ありがとうございました』

夕空に放送が響き、一般来場者が正門から流れ出ていく。

スマホを見れば通知があり、〈そろそろ帰るね！　楽しかった～！〉と円香《まどか》さんからＬＩＮＥが来ていた。

それを後目《しりめ》に、後夜祭の準備が賑《にぎ》やかに進んだ。

一部の屋台を撤去して、校庭に場所を空けて、大きな木材を積み上げて。

水斗《みずと》も、決して中心ではないけれど、その中に交じっていて、……けれど、その笑みが本物ではないことを、私だけが知っている。

思い上がっていたのかもしれない。

夏休みの田舎で、少しわかった気になって。……だから、私なら彼を助けられるんだって、驕《おご》ってしまった。

彼は別に、助けなんか求めちゃいないんだって、気付けなかった。

それはただの……私の、願望でしかないんだって、気付けなかった……。

私はただ、自分の好きな人が、自分の家族が、自分の元カレが、人に認められることが気持ち良かっただけ……。くだらない承認欲求を、彼を使って満たしていただけ。

今の今に至るまで、彼はそれに付き合ってくれていたんだ。

私の顔を立てて、文実で波風を立てないようにしてくれていた。私のために、自分を押し殺してくれていた。

今ならわかる。

作業を早めに終わらせていた理由。忙しいのに、それでも東頭さんに会いに行っていた理由。あれは、居場所のない東頭さんに気を遣っていたわけじゃない。

東頭さんの前なら、素の自分でいられるからだ。

誰にも気を遣わなくていいからだ。

……家族であるはずの、私ですら。……水斗にとっては、もう、仮面を被《かぶ》らなければ話せない相手なのだ……。

自分の愚かさに吐き気がした。涙を流すことすら、おこがましい気がした。

こんなにも遠い。

一度は届いたと感じた彼が、こんなにも遠い。

恋焦がれることすら無謀だと、感じられるくらいに――

◆　伊理戸水斗　◆

「大恥を掻《か》きました……」

後夜祭の準備後に合流したいさなは、なぜか顔を赤くして、ぷるぷると震えていた。

その胸には紙袋を抱き締めている。格好が制服に戻っているから、おそらく南《みなみ》さんに着せられたディアンドルが入っているのだろう――って。

「……まさか、あの格好のまま教室に戻ったのか……？」

「忘れてたんですーっ！　クラスの人に言われて気付いて……『可愛《かわい》い』とか『似合ってる』とか『彼氏の趣味？』とか、散々からかわれて……」

「それは単純に褒められて――いや待て。僕に飛び火してないか、それ」

この大SNS時代にまた余計な噂《うわさ》を――ああもう、いいや。

いさなは紙袋を押し付けてくる。

「この服は結女さんに返しておいてください……。洗って返そうと思いましたけど、洗い方がわからないので……」

「ああ、わかった」

「匂いを嗅ぐのはほどほどにしておいてくださいね」

「嗅ぐか。僕は君とは違う」

「ひうっ。……な、何のことやら～……」

人の枕にあれだけぐりぐり顔を埋《うず》めておいて、今更何をとぼけるつもりなんだ。

「それじゃあ行くか」

「はい〜。キャンプファイヤーなんて初めてかもです。……やっぱり踊るんですか？」

「そういう奴《やつ》もいるだろうな。君じゃないが、でかい火を眺めるだけでも案外見応えはあるだろう。お焚《た》き上げみたいなものだ」

「ですよね〜！　でかい火ってテンション上がりますよね〜！」

「……君に炎系の能力は与えないほうが良さそうだな」

では早速行きましょう、と昇降口に足を向けたいさなの二の腕を、僕は摑《つか》んだ。

「待った。そっちじゃない」

「ふぇ？　……校庭に行くんじゃないんですか？」

「僕らには、もっといい場所がある」

ぱちくりと瞬《まばた》きをするいさなに、僕はにやっと笑ってみせた。

あれだけ働いたんだ。このくらいの報酬はもらわないとな。

◆　伊理戸結女　◆

「では、委員長として一言——お疲れ様！」

「「「お疲れーっ!!」」」

紅《くれない》先輩の音頭で、グラスを打ち合わせる音が響いた。

文実のメイン拠点として使われていた会議室に、上級生たちが買ってきたお菓子やジュースが広げられている。打ち上げとしては可愛いものに見えるけれど、後夜祭が終わった後にお店を借り切って二次会をやる予定だそうだ。つまりこれはただの前座。

「いやー、結女ちゃーん！　行ったよ大正ロマン喫茶ー！　めっちゃよかったー！」

「あ、ありがとうございます」

「あれ？　弟くんはどうしたのー？」

「えっと……ちょっと、他に用があるとかで」

「えー？　そっかぁ。残念だなぁ……。もうちょっと話したかったのにー」

安田《やすだ》先輩を中心に女子が話しかけてくれて、壁の花にはならずに済んだけれど、私の胸にはぽっかりと穴が空いたようだった。

一年前の私なら、こんな風に打ち上げで先輩と話すことなんてできなかった。身の置きどころを探して右往左往するのが精一杯だっただろう。

これは、成長のはずだ。

私は強くなった。上手《うま》くなった。人間として生きることが……上達した。

……そのはずなのに、どうしてこんなに虚《むな》しいのかな。

こんなにたくさんの人に囲まれているのに、たった一人の空白が、どこまでも大きい。

「やあ、結女くん。お疲れ様」

「あっ……委員長。お疲れ様です」

紅先輩がやってきて、私の隣の席に座ってきた。急のことで、私は緊張する。

他に話す人がいくらでもいるだろうに、なんで私の隣に？

先輩は目の前のお菓子には目もくれずに、私をまっすぐに見て微笑《ほほえ》む。

「『委員長』も、そろそろおしまいだけどね」

「あー……じゃあ、『副会長』ですか？」

「それも、そろそろおしまいだ。そのうち『会長』と呼んでくれたまえ」

紅鈴理《すずり》次期生徒会長は、冗談めかしてそう言った。

すごいなあ……。自分が会長になることに、少しも気後れしていない。こんな風に自信を持てる人間に、私もなりたかった……。付け焼き刃じゃあ、とてもこの人のようにはなれない。

文実が終わったら、紅先輩とも接点がなくなるんだろうな。私は彼女を仰ぎ見る一人の生徒になる。そう思うと名残惜しかった。

「そういえば、弟君が来ていないみたいだね」

私の隣を見て、紅先輩が言った。

「あ、はい。彼は――」

私は幾度となく繰り返してきた説明をしようと口を開き、

「――やっぱり、彼はそっちのタイプだったか」

先輩の独り言のような呟《つぶや》きに、口を噤《つぐ》む。

え？　そっちのタイプ……って。

「これはすまないことをしたかな。一応、その可能性も考えてはいたんだけど――どっちにしろ、放置しておくよりはマシだと思ってね」

「ちょ、ちょっと待ってください。話が見えないんですけど……」

「ああ、ごめんごめん。彼を輪に入れてあげてくれと君に頼んだ件だよ」

事もなげに、先輩は言う。

「プレゼンのときの様子から、どうやら彼は集団に馴染《なじ》むことを好まないタイプだということはわかっていた。とはいえ、没交渉では効率に支障をきたすからね。彼ほど有能な人材を浮かせておくわけにはいかないから、キミにパイプ役を頼んだんだ――実は寂しがりだという可能性もあったけれど、大方の予想通り、大勢に囲まれるのがストレスになるタイプのようだね。給料があるわけでもないのに合わない環境を強いて、悪いことをした」

「先輩は……わかっていたんですか？　最初から……」

私は……気付いていなかった。内心寂しがりなんだって、都合のいい風にしか考えてなかった……。なのに、先輩は――

「いや、違うよ。ぼくじゃない」

「え？」

紅先輩は、自嘲的に口の端を上げた。

「どうもぼくは、少々傲慢なタチらしくてね。いまいち他人のことがわからないというか――何でもかんでも『自分でやったほうが早い』と思ってしまうタイプなんだ。自覚はしていても、これがなかなか直らなくてね」

「はあ……」

「だから、その辺りはジョーに任せているんだよ。さっきの弟君の分析も、ぼくじゃなくてジョーの仕事だ」

ジョー……って、会計の羽場《はば》先輩？

異常に存在感のない副会長の片腕は、今は会議室の隅で、一人ちびちびとジュースを飲んでいた。

そっちに視線を向けながら、紅先輩は続ける。

「彼の会話能力はおよそ文明人とは思えないくらい退化しているが、代わりに目が良くてね。人間観察の達人なのさ。他人のいいところ探しをさせれば、彼の右に出る者はいない」

何だか、ちょっと口調が自慢げだ。

私が相槌《あいづち》を挟む暇もないくらい、紅先輩は流暢《りゅうちょう》に語り続ける。

「それゆえか、極端に自己評価が低いのが玉《たま》に瑕《きず》でね。伊理戸水斗くんについても、『自分の上位互換を見てるみたいでムカつきます』などと評していたよ。ぼくは決してそうは思わないのだけどね」

いや絶対水斗のほうがカッコいい。

と反射的に思ったけれど、口には出さないでおいた。これが社交性。

「もしかしたら、だから彼を他の文実と仲良くさせろ、なんて言ってきたのかもね。ジョーはまさに『実は寂しがり』なタイプだし、内心シンパシーを感じていたのかもしれない。ジョーが対応を誤るなんて珍しいと思っていたけど、彼のことを自分と同じタイプだと考えていたなら――」

話を聞いていて、もしかして、と思った。

私を通じて、他の文実と水斗を仲良くさせようとしたのは、羽場先輩だった。それが羽場先輩には珍しい失敗だったとすると――

「あの……もしかして」

「うん？」

「引き離したかったんじゃないですか……？　紅先輩、ずいぶん水斗に話しかけてたから」

「……うん？」

紅先輩はきょとんとした顔で、首を傾《かし》げた。こんな顔初めて見た。

「引き離したかった……？　誰と誰を？」

「水斗と、先輩を……だと、思いますけど……」

「んん？？？」

こ、これ以上詳しく説明させないでほしいんだけど……！

「ですから……羽場先輩は、水斗のことを自分の上位互換みたいだって言っていたんでしょう？　そんな男子が突然現れて、しかも紅先輩が積極的に絡みに行くもんだから、不安になったんじゃないかって……」

「不安に？　ジョーが？　なぜ？」

「や、ヤキモチを焼いたからですよ！」

ああもう！　こっちが恥ずかしくなる！

紅先輩は首を傾げたまま、

「ヤキモチ……嫉妬……？」

「は、はい」

「ジョーが……ぼくに？」

「そうだと思います……」

「…………いやあ、ははは。まさかそんなバカな」

焦《じ》れったいなあもおおおお——っ!!

「絶対ヤキモチですって！　確かに羽場先輩、あんまり感情を表に出すタイプじゃありませんけど、あの空き教室のときはちゃんと耳赤くなってたじゃないですか！」

「──ん？　……ちょ、ちょっと待ってくれ」

「え？　はい」

「キミ……見てたのかい？　空き教室でのこと……」

「……あ」

　しまった。うっかり……！

「す、すみません……！　教室を出た後、お二人の話し声が聞こえたので……！」

　紅先輩はふいっと顔を背けて、私から隠す。

「……いや、気にしなくていいよ。元はといえば隠れていたぼくたちが悪いんだし」

　そして、普段通りの声で言う──けれど、私は気付いていた。あのときの羽場先輩と同じように、耳が赤くなっていることに。

「言っておくけれどね！　本来、あんなにはしたない女ではないからね、ぼくは！　……ただ、ジョーが打っても打っても響かないものだから……」

　……女の子なんだなあ……。

　いや、当たり前のことなんだけど、これほど頭のいい、天才なんて呼ばれている人でも、恥ずかしいことがあれば赤くなるんだ──というか、あの空き教室での羽場先輩とのやり取りを、恥ずかしいものだって認識しているんだ。

……ってことは、羽場先輩の前でだけ、そういうキャラを演じてるってこと？

「あの……差支えなければでいいんですけど」

「……え？」

「どうして、羽場先輩のことが好きなんですか？」

まだほのかに赤い顔で、紅先輩は振り返った。

「……べつに、好きだなんて言っていないのだけど？」

「えーっと……じゃあ、一緒にいるようになった切っ掛けとかでも」

いや、空き教室で『惚《ほ》れた』って言ってたじゃん普通に、と思ったけれど、ここは踏み込まないのが吉だ。

あの空き教室では、理想がどうこうなんて説明していた。

けれど、あれが羽場先輩用のキャラであるなら、……もっと真に迫った、本当の理由があるはずだ。

現実逃避がしたいのかな。……今は、他の人のそういう話が、無性に聞きたかった。

先輩は、溶けかけた氷の入ったグラスを軽く揺らす。

「……切っ掛けなんて、大層なものはなかったさ。ただ、一人の存在感のない少年がいた。少年の有能さに、たまたま気付いた女がいた。その『たまたま』に、未熟で傲慢な女が惑わされた。それだけの話だよ」

……未熟で、傲慢。

まるで、今の私みたいだ。

「ぼくは中学時代、大きな失敗をしてね。その原因は、ぼくがぼく自身を、完璧で正しいと思い込んでいたことにあった。まあ、思春期によくある、自意識の肥大というやつさ。だからぼくは、その欠点を補完してくれる存在を探していた。そんな折に……たまたま気に掛けていたぼっちの陰キャが、このぼくにこんな風に言い放ちやがったんだよ」

――あなたはてんでダメです。俺はそっとしておくべき存在なんだと、あなた以外の全員がわかっていますよ。勉強はできるくせに、どうしてその程度のことがわからないんですか？

「『ぼくだけはわかっている』と思っていたのに、逆に『ぼくだけがわかってない』って言われてしまったんだよ。ショックだった……。何より、ショックを受けたことそれ自体がショックだった。自分の、心の深いところにある、柔らかな部分に突き刺さった気がしたんだ……」

「……それでも、距離を取ったりは、しなかったんですか？」

「当然だよ。腹が立つじゃないか！　……まともに人と話せもしないくせに、このぼくに楯突《たてつ》くなんて！　……同時に、この同級生こそがぼくが探していた存在だって、わかってしまった。だから色仕掛けでも何でもして手に入れてやろうとして……」

すいっと、紅先輩の目が動いた。

存在感のない羽場先輩は、こういう大勢が集まる場では、すぐに見失ってしまう。

けれど、紅先輩は迷わない。探さない。

今まで何度もそうしてきたように、一瞬で見つけ出すのだ。

幾百幾千と人間がいようと、決して紛れることのない、その顔を。

「……本当に、腹が立つよ。ぼくの視線にこんなに気が付かないのは、アイツだけだ」

拗《す》ねたような言葉に、私はくすりと微笑《ほほえ》んだ。

そこにいるのは先輩ではなく、天才でもなく、ただの一人の、初恋に戸惑う少女だった。

「ああもう！　後輩の前でこっ恥ずかしい話をしてしまった！」

手元のジュースをぐびぐびと飲み始めた先輩に、私は言う。

「恥ずかしくなんてないですよ。どこの誰にでも、あることですから」

「……だとしたら、ぼくは全人類を尊敬するよ」

本当に、まったく。

こんなに頭のいい人でもままならないのだから——完全に上手《うま》くできる人なんて、きっとこの世に一人だっていないのだろう。

たとえ相手が、一度は付き合えた人でも。

「おっ！　そろそろ始まるぞー！」

窓の外を見て誰かが言った。それを切っ掛けに窓際に人が集まり、あるいは足早に会議室を出ていった。

校庭に面した窓が、ほのかに赤く照らされている。キャンプファイヤーが灯《とも》されたのだ。

それを見やりながら、私は先輩に、

「先輩も羽場先輩と一緒に行ったらどうですか？『実は寂しがり』……なんでしょう？」

「……結女くん。キミ、急にぼくのことを下に見始めていないかい？」

「親しみを覚え始めたと言ってほしいです」

はあ、と溜《た》め息《いき》をついて、紅先輩は立ち上がる。

「まあ……そういう後輩が、一人くらいいてもいいか」

「はい？」

「ぼくはね、こんな恋バナもどきをするために、キミに話しかけたわけじゃないんだよ」

座ったままの私を真剣な目で見据えて、先輩は告げた。

「結女くん——次期生徒会長であるぼくからキミに、頼みたいことがある」

その『頼み』を聞いて、私は自分の『運命』が、とっくに変わっていたことを知った。

◆　伊理戸水斗　◆

「おお～……」

扉を抜けるなり、いさなはぐるりと辺りを見回した後、夜になった空を仰いだ。

秋の夜風が静かに吹き抜ける。喧騒《けんそう》も灯《あか》りも、人の息吹も遠い場所。

校舎の屋上だった。

「屋上、初めて来ました。あったんですね～」

「普段は閉まってるらしいからな。けど、今は文実だけ出入りできるようになってる。今朝、なんとなく来てみたら、ここからでもキャンプファイヤーが見えそうだと思ってさ」

落下防止の金網に近付けば、校庭の真ん中に設置された大きな焚《た》き火が見下ろせた。ちょうど火が灯り始めた頃だ。パキパキと弾《はじ》ける音を立て、組まれた木材の中で赤い炎が瞬いていた。

「間近で見るよりは小さいかもしれないけど、ここも静かでいいだろ？　それに、余計な噂《うわさ》の的にならなくて済むしな」

「そうですねー。わたしはこっちのほうが落ち着きます。ふふふ！　人がゴミのようだ！」

「興奮してるじゃないか」

静かなのはいいが、肌寒いのが玉に瑕だ。僕は「ほら」と、自販機で買ってきたホットミルクティーをいさなに渡してやる。いさなは「ありがとうございます」と言って、プルタブを開けた。缶を手で覆うようにして、ちびちびと飲み始める。

　僕も自分の缶コーヒーを開けて、口を付けながら校庭を見下ろす。キャンプファイヤーの周りに人だかりができていた。ゴミのよう……ではないけど、ここからじゃあ見分けはつかない。

「文化祭、結構楽しかったですね。こんなにちゃんと楽しめたのは初めてかもです」

「ちゃんと楽しめた、って？」

「なんていうんですかねえ。こういう空気感を外から眺めているだけでも、それはそれで結構面白いじゃないですか。出し物に参加したりしなくても」

「……本当に気が合うな、君は」

　僕も、連帯感を強制されたりしなければ、別に文化祭は嫌いじゃないのだ。非日常感に浮ついた学校を眺めるのは、それだけでそれなりに面白い。どうにも傍観者的というか、動物を見るような感覚になってしまっているのは、世間的には決して褒められたことじゃあないんだろうが。

「君は中学だと、文化祭はどんな風に過ごしてたんだ？」

「基本的に、教室でラノベ読んでましたね。水斗君は？」

「僕も教室で小説を読んでたよ。夢野《ゆめの》久作《きゅうさく》だったかな」

「わたしは去年だと、書籍化してないなろう小説でしたね」

「君的にはそれもラノベなんだな」

「そうですねー。文化祭って、読んだことないやつより好きな小説を読み返したくなるんですよね。なんででしょう？」

「……さあな。文化祭という環境の中で、自分を見失わないようにするため、とか」

「それと、ちょっとエッジの利いた、マイナーめのやつを読みたくなるんです。なんでだと思います？」

「知るか。それが君のささやかな自己主張なんじゃないか？」

「スマホでウェブ小説を読んでても、傍目《はため》には何をしてるかさえわからないのに、変ですよねー……」

僕は記憶を掘り起こす。文化祭で夢野久作を読んでいたのはいつだっただろう。

去年は、違う。何せ、著者名の読みが悪すぎる。

あんな状況で……『ユメ』なんて字、きっと意識したくもなかっただろうから。

だから、そう、そのさらに一年前。

中二のとき——あの女と、付き合い始めてすぐの頃だ。

付き合っていることを周囲に隠すと決めた僕たちは、当然、文化祭を一緒に回ろうなんて考えもしなかった。

けれど……初めての恋人と過ごす文化祭に、期待していなかったと言えば嘘《うそ》になる。

きっと内心では、憧れていたのだ。

だから、もしかすると……ささやかな、自己主張だったのかもしれない。

夢野久作と、表紙に印字された本を、これ見よがしに広げていたのは――

「――ところで、水斗君」

いさなの声と視線に、僕は物思いを打ち切られ、

「結女さんは、いつ来るんですか？」

続いた質問に、凍りつくような思いをした。

どうしてかは、わからない。……ああ、ああそうだ。いさなからすれば、決しておかしな質問じゃない。僕は二人きりだなんて言っていないし、文化祭を回った流れで、結女も一緒だと考えるのは当然のことだ。

なのに、どうして、痛いところを突かれたかのように思ったんだ？

「……言い忘れてたな。あいつは来ないよ。文実の打ち上げがあるからな」

「そうなんですか。……んー……」

いさなはミルクティーの缶を見下ろして、何か言いたげに唸《うな》ったが、……結局、そのまま口を噤《つぐ》んだ。

僕には何を飲み込んだのか、手に取るようにわかった。

「今……なんでお前は打ち上げに出ないんだって言おうとしなかったか？」

「しましたけど……わたしが水斗君の立場だったら出ないな、と思って。別に面白くなさ

そうですし」

……やっぱり、こいつはよくわかってるな。

本当に、ありがたいと思う。この学校にいさながいて、クラスが違うにもかかわらず知り合えたのは、きっと僕にとって、最大級の幸運だ――

「……でも」

――そして、同時に。

「結女さんは、寂しいんじゃないですか？」

最大級の、試練でもある。

誰よりも僕を理解し、誰よりも僕に共感する、彼女だけは。……僕自身が誤魔化《ごまか》し、ひた隠しにしていることさえ、簡単に抉《えぐ》り出してしまうのだから。

少し前の彼女なら、ここまでは踏み込まなかったかもしれない。

けれど、ついこの間、僕自身が証明してしまった。僕も君も、大して変わりはしないと。

だから、遠慮する必要はないのだと。

「結女さんのことだから、きっと文実でも上手くやっているんでしょうね。だから打ち上げでも、きっと楽しい時間を過ごせるんでしょうね。……けど、本当に一緒にいたい人がいなかったら、きっと寂しいですよ」

「……それが、僕だって？」

「わかっているんじゃないですか？　ただ認められないだけで」

そうかもしれない。

そうじゃないかもしれない。

でも。

「だから、僕が行きたくもない集まりに行けって言うのか。君を一人で帰して？」

「それは……嫌ですか？」

「当たり前だ。言っておくが、僕は君のことを、結構大切にしているんだよ」

「……へへ。それは、嬉《うれ》しいです」

いさなはミルクティーの缶に、唇を触れさせる。

「でも……結女さんは、この数週間、一緒に頑張ってきた水斗君と、一緒にいたかったんじゃないかなあって……思うんですよね。ただの、想像ですけど」

「……もし、そうだとしても」

夜空の黒が、炎の赤に、ぼんやりと照らされた。

「その寂しさを……乗り越えるべきなんだよ、きっと」

◆　伊理戸結女　◆

文実の流れに乗るようにして、私は一人で校庭に出た。

赤々とした炎が、校庭の真ん中から立ち上り、星のように煌《きら》めく火の粉を夜空へと舞い上げている。

人だかりの後ろから黙ってそれを見上げていると、視界の端に知り合いの顔が映った。

暁月さんだ。

私は声をかけようと口を開いた。

「あ――」

けれど、すぐに気付く。

その隣に、川波くんがいることに。

二人は何か話しながら、隣同士に立っていた。手を繋《つな》ぐでもない、ただ息遣いや体温をほのかに感じられる程度の距離で。

話すときに、お互いに目を向ける。それが終わると、炎に目を戻す。

でも、傍から見ている私だけが気付いた。

川波くんが炎を見ているとき、暁月さんは川波くんを見ていた。

暁月さんが炎を見ているとき、川波くんは暁月さんを見ていた。

炎に照らされた、お互いの横顔を。

◆　伊理戸水斗　◆

「それが結女さんのためになると、水斗君は思っているんですか？」

直截《ちょくせつ》ないさなの物言いに、僕は逃げ場もなく、素直に肯《うなず》く他にはなかった。

「僕とあいつは、根本的に違う人間なんだ」

舞い上がる火の粉が消えていくのを眺めながら、

「合っているように見えたのは、いつも表面だけだった。本好きと一口に言っても好みは全然違ったし、一人が好きだった僕とは違って、あいつは一人になるしかないだけだった。スキルが伴えば、違うコミュニティに離れていくのは必然だ。僕たちはたまたま、偶然、一時的に、同じ場所にいたことがあるだけの人間だったんだ」

そんなことは、きっと一年前にはわかっていたんだ。

認めたくなかった。足掻《あが》きたかった。

けれど僕は、どんなにつらくても、自分を変えるつもりにはなれなかった。

「小説には、成長する主人公がいるよな。ぼっちに大勢友達ができて、無能と蔑まれた人間が頂点に立つ。僕はいつも、そんな主人公に共感できなかったよ。だって、彼らが成長と呼ぶそれは、紛《まご》うことなき自己破壊だ。自分を壊してまで友達が欲しいのか？　頂点に立ちたいのか？　そんなのが成長だっていうのなら、友達がいないのに満足している僕はなんなんだ。底辺に甘んじても気にならない僕はなんなんだ。——人間って、そんなに『成長』しなくちゃダメなのか？」

僕には破壊できる自分がない。

成長すべきステータスがない。

いつも思う。僕には理想がない。こうじゃないという違和感ばかりで、こうすべきだという理想がない。こんなに小説を読んでいるのに、じゃあこんなのを書いてみたいと欲が湧いてくることもない。自分から生まれいずるものが何もない。

全部、継《つ》ぎ接《は》ぎだ。

読んできた小説から、他人の人生から盗んできた、人間の継ぎ接ぎ。

レベルを持たない人間は、レベルアップすることはない。成長を描く多くの小説は、けれど決して描かないのだ。成長する才能を、そもそも持ち合わせない人間を。

誰でもこんな風になれると言いながら。

その『誰でも』に含まれない人間もいると、わかってはくれないのだ。

「僕は元来、そういう人間だったんだ。上達はできても成長はできない。どうあっても自分を変えることはできない。それを間違っていると思えない。自分がそういう風に生まれたってことを、半年もかけて理解したんだ……」

誕生日も、クリスマスも、バレンタインも。

何もせずにいて、それでも平気でいられる自分を見つけたとき、……憑《つ》き物《もの》が落ちたように理解した。

僕と綾井は、違う人間だと。

「悪いとは思わない。劣っているとも思わない。ただ、違う。……君にならわかるだろう、いさな？　そういう人間もいるってことが。そして、そういう人間は、そうじゃない人間とは、根本的にはわかり合えないってことがさ」

「……はい。わかります」

いさなは迷わずに肯いた。そのことが、僕にとっては大きな救いだった。

「わたしも、ずいぶん傷付きました。『違う』ということに……『違う』ということを、わかってもらえないことに。水斗君に出会うまで……」

「だろ。だから――」

「でも。……でもですよ？」

いさなは僕の瞳に、じっと視線を注ぎ込む。

言葉が、決して、漏れないように。

「確かに、水斗君と結女さんは『違う』人だと思います。考え方が、生き方が、捉え方が、何もかも根本的に違うと思います。合う人間と結婚すべきだっていうお母さんの言葉に従うなら、二人は結婚すべきじゃないんだと思います。……ですけど、そういう人を、好きになっちゃいけないってことはないんじゃないですか？」

「……なんでだ？」

「もし水斗君が、あるいは結女さんが、違う人のことを理解できない排他的な性格の人だったら、成立しないでしょう。でも、例えば異性愛の人と同性愛の人でも、友達として一緒にいることはできます。お互いに共感はできないかもしれないけど、理解を示すことはできます。そうですよね？」

「…………そう、だな」

例えば——僕は、結女ほどに推理小説が好きじゃない。

けれど、結女が語る推理小説の話を、聞くことはできる。彼女が感じた面白さのすべてに共感することはできない——けれど。でも。その時間は、決して……。

「生まれた場所や育った環境、考え方や生き方が全然違う人同士が好き合うなんてこと、調べればいくらでもあるでしょう？　水斗君が読んできた小説にだって、いくらでもあったでしょう？　なのに、なんで自分にはできないって思うんですか？」

「………………」

ああ、いさな——君の言うことは正しいよ。

確かにあの凪虎《なとら》さんの娘だと、そう実感する程度には——君の言うことは、痛いくらいに正論だ。

でも、……だからこそ、理解する。

自分という人間が、筋道の立った正論では納得できないくらい、ねじくれていることが。

「――なあ、いさな。『好き』ってなんだ？」

それは、きっと、僕が僕自身から隠していた疑問。

「違う人間でも好きになれると、君は言うが――それは、『好き』ってことがわからない人間も、同じなのか？」

◆　伊理戸結女　◆

キャンプファイヤーの周囲で、思い思いの時間を過ごす生徒たちを、私は校庭の端にあるベンチから眺めていた。

暁月さんと川波くんがいた。

紅先輩と羽場先輩もいた。

騒ぎながら、話しながら、彼らは見つめている。

立ち昇る炎を。

隣に立つ人を。

◆ 伊理戸水斗 ◆

嘘《うそ》じゃない。

綾井と過ごした時間。彼女に抱いた感情。そのすべては、きっと嘘じゃないはずだった。

けれど……充分だった。

わからなくなるには、充分だった。

好きだったはずの人にイラついて。顔を合わせることさえ苦痛になって。

そんな半年間は……かつては確かに知っていたはずのその感情を、すっかりわからなくしてしまうには、充分だったんだ。

僕は金網越しに、燃え盛る焚《た》き火を見下ろす。

その周囲に集う、生徒たちを見下ろす。

「……こればかりは、君にもわからないだろうな。馬鹿みたいに思えたんだよ。今までしてきたことはなんだったんだって……心底、くだらない気がしたんだ。そうなったが最後、もう手遅れなんだ。まともには捉えられない。疑うしかないんだ。この感情は本物なのかって――単なる、気の迷いなんじゃないかって」

考えれば考えるほどわからない。

繰り返せば繰り返すほどわからない。

理解するとか、そういう話じゃあないんだ。

僕が、僕を、理解できてないんだ。

「君には答えられるのか、いさな……？　巷《ちまた》の人間がぺらぺらと口にする『好き』ってヤツが、一体全体どういうものなのか——説明できるのか？」

できるわけがない、と言外に言ったつもりだった。

けれど、いさなは夜空を仰ぎ、「んー」と唸《うな》った。

僕は、忘れていたんだろう。

こいつと僕は、同類ではあれ、……決して、同一ではないってことを。

「それじゃあ、わたしの話をしましょう」

「……、は？」

「わたしが、水斗君のことを好きだと、理解したときの話です。……ちなみに、結構恥ずかしいので、あまり訊《き》き返したりしないように」

言われて、僕は口を噤《つぐ》んだ。

いさなは夜空を仰いだまま、淡々と語り始めた。

「実のところ、はっきりと気付いたのは、結女さんや南さんに指摘されたときなんです。あー、言われてみれば、水斗君とデートしたりエッチしたりしたいなあって。……でも、よくよく考えてみるとそのとき、わたしの脳裏に過《よ》ぎったものがあるんです」

「………………」

「それは……顔でした。水斗君の、横顔。図書室で一緒に本を読んでるとき——一緒に学校から帰ってるとき——自分でも驚くくらい、わたしは水斗君の横顔を知っていたんです。そのくらい、視線を向けられてもいない水斗君の顔を、見ていたんです」

——よく似合った大正ロマン衣装で、緊張した顔でスマホのレンズを見ていた

——クラスの企画のために、深夜まで机に向かって資料を調べていた

「だから……単純かもしれないんですけど」

——真剣な顔をして、データが上がってくるPCを睨《にら》んでいた

——ポスターを抱えて、砕けた様子で先輩と話していた

——お化け屋敷で恋人繋《つな》ぎをして、からかうようにくすりと笑っていた

——足を止めた一瞬だけ、少しだけ痛そうに、顔を歪《ゆが》めていた

「好きな人っていうのは、きっと、一番たくさん横顔を見た人のことなんだと、思います」

◆　伊理戸結女　◆

——何をするでもなく、金網越しに校庭を見下ろしていた

——暗くて見えづらかったけど、抱き合った余韻のように、耳に朱が差していた

一つ一つ、思い出す。
今日、見ることができた水斗の横顔を。
——淡々とした様子で、私の靴擦れした足を診ていた
——普段が嘘のような営業スマイルで、接客をこなしていた
何もかも、正解ではなかったかもしれない。
けれど、今日という日には、これだけのことがあった。
だったら——
——円香さんに絡まれて、少しだけ眉をひそめていた
——東頭さんのコスプレを見て、なぜか少し悔しそうだった
——脱出ゲームの問題を見ながら、涼しげな顔で考えていた

◆　伊理戸水斗　◆

——いっぱいいっぱいになりながら、真面目に接客をこなしていた
——円香さんが連れてきた竹真《ちくま》に、本当の姉のような眼差《まなざ》しを向けていた
——脱出ゲームの問題を睨みながら、難しげに眉根を寄せていた
怒涛《どとう》のように湧き出る記憶。

覚えている。覚えている。覚えている。
覚えようとしたわけでもないのに、覚えている。
見られたわけでもないのに、僕は見ていた。
勝手に。一方的に。不必要に。
僕は——こんなに、彼女のことを見ていたんだ。
くらくらした。
視界が暗くなった。
どうしよう。
ああ——どうしよう。どうしよう。どうしよう。
どうしたらいいか、わからない。
だって、だって、そうじゃないか。
僕は……何もしてなかったんだ。
「ところで水斗君……実はさっき、訊きそびれたことがあるんですけど」
いさなが背を金網に預けながら不意に言った。
「中学のときって、水斗君と結女さんの、どっちから告白したんですか？」
僕は自嘲的に笑う。
「……僕が告白なんかするように見えるか？」

「じゃあ初デートを誘ったのは？」

「……あっちだよ」

「初キスは？」

「…………雰囲気を作ったのは、あっちだ」

「初エッ――」

「してないって言っただろうが」

正確には――しようとしたことはあったけど、失敗した。

そのときに状況を用意して、結局何もしなかったのは、……僕だ。

「……僕は、終始受け身だったんだ」

口からこぼれたそれは、懺悔《ざんげ》だった。

「僕からは、何もしてなかった。ただ、あいつの頑張りを享受していただけだった。降って湧いた状況を楽しんでいただけだった。仲が悪くなったときも、あいつはギリギリまでどうにかしようとしてたけど、……僕には、何もできなかったんだ」

長い長い自傷行為。

こんな自分が認められなくて。こんな自分が許されることが許せなくて。その自己嫌悪に、彼女を巻き込んでしまっているのが、さらに許せなくて。

今にして思えば、甘えていたんだ。

彼女の頑張りに甘えていた。彼女の優しさに甘えていた。だから——ただの友達といえども、それが他人に向いていることが、受け入れられなかったのかもしれない。

綾井結女の彼氏であった一年半の間——僕は、何一つとして、成し遂げてはいなかったんだ。

「うーん……じゃあすみません、もう一つだけいいですか？」

ドラマの刑事みたいに、いさなは言う。

「初めて話しかけたのは——どっちなんですか？」

——推理小説、君も好きなの？

覚えている。

忘れるはずがない。

「……つぅ、ぐ……」

僕にとって、最も忌々しい記憶であり——最も捨てがたい記憶。

神様が仕掛けたトラップ。

すなわち運命が牙を剝《む》いた瞬間であり——夢を見せてきた瞬間。

「…………つく、ぅう…………！」

そうだ。

そうだ。

そうだ。

たとえ偶然ではあれど、すべてを始めたのは――


「――……僕だ……」


それは……僕だったんだ。

それだけは……僕が、したことだったんだ。

何もできなかった僕でも、それだけは……。

「うぇへへ……一緒だったんですね、わたしのときと」

いさなはなぜか嬉《うれ》しそうにはにかむ。

「じゃあ惜しかったですねぇ。もし先に結女さんと出会ってなかったら、わたしと付き合ってたかもしれませんね」

僕は、喉の奥からせり上がるものを噛《か》み締《し》める。

ずっと――ずっと、ずっと、ずっと、失敗だと思っていた。

あの一年半は、どうしようもない、僕の失敗だと思っていた。

勇気を出した結女の告白を。成長を。幸福を。……僕が、くだらない独占欲で台無しにした、そういう失敗でしかないと、ずっと……。

けど。

あの一言がなければ、今はなかった。

この学校に入ることもなく、いさなと出会うこともなく。

お互いのことを大して知らないまま、あいつと義理のきょうだいになっていた。

そうならなかったのは。

今、こんなにも友人の優しさに触れ、こんなにも彼女の横顔を思い出し、こんなにも嬉しくて嬉しくてしょうがないのは。

僕が――彼女に、話しかけたから。

それだけは、僕にもできたんだ。

押し寄せる感情を飲み下しながら、金網越しに、僕は見る。

総勢で幾百になるだろう。見分けなんてつくはずもない、大勢の生徒の中に。

この世で一番よく知っている――横顔を見つけた。

「……いさな」

僕は、一番の親友に、だからこそ言う。

「埋め合わせは、今度する」

「へへ～♪　楽しみにしてますね！」

そして僕は、屋上を後にした。

あのとき言えなかった——じゃない。

今、僕から彼女に、伝えるべき言葉を伝えるために。

◆　伊理戸結女　◆

あれだけ大きかった炎も、ついに燃え尽きようとしていた。

これで、文化祭が終わる。

準備に追われたこの数週間が、本当に終わる。

思えば、こんなにも大掛かりな仕事を成し遂げたのは、生まれて初めてかもしれない。

……そう思うと、張っていた気が抜けていくような心地がした。

明日には後片付けがあるし、この後には打ち上げの二次会もあるのにね。達成感に浸るには、まだ早いのに……。

さて、と気持ちを切り替える。

これ以上ここに一人でいても、身体《からだ》が冷えるばかりだ。集合時間に遅れないうちに、みんなのところに——

そう思ったとき、……足音が、聞こえた。

ゆっくりとしたそれは、私のすぐ隣で立ち止まり、……そして、私と同じベンチに、手のひら二つ分ほどの距離を開けて座る。

その隙間を埋めるように、彼が手を置いた。

私もまた、その隣に自分の手を置いた。

お互いに手を伸ばせば、重ねることができるだろう。けど、伸ばさなければ、冷たい座面に触れるだけ。

思えば私たちは、ずっとこんな距離を保ってきた。

これから先、ずっとこのまま過ごすのだろうと思っていた。

けれど——けれど。

ほんの、小指の先だ。

体温を感じるにも小さすぎる、ほんのわずかな接触だ。

それでも——私たちは、どちらが逃げるでもなく、確かに指先を、触れさせていた。

「……遅かったわね。火、もう消えるけど？」

燃え尽きつつある焚《た》き火を見やったまま、私は言う。

「火なんて見ても、別に面白くないよ。……ただ、宿題を片付けに来たんだ」

いつも通りぶっきらぼうに、彼は言う。

それも、私に忖度《そんたく》して作った、仮面なのだろうか。

そうだとしたら……それは、あまりにも下手くそだった。

「ありがとう」

水斗は告げた。

いつもだったら、決して素直には言わない台詞《せりふ》を。

「……何が？」

「いろいろだ。今までのこと、いろいろ。文実で気を遣ってくれたり、家でも気を遣うことが多いだろうし――それに、由仁《ゆに》さんに言われたからな」

「お母さんに？」

「僕が風邪を引いたとき。看病してもらったお礼を言えって」

私は目を瞬《しばた》いて、思わず隣に目を向けた。

水斗の横顔は、再び広がりつつ夜闇に覆われていた。

「それって……もう一ヶ月以上前じゃない？」

「悪いか」

「どれだけ私にお礼言いたくなかったのよ……」

たった一言。たった五文字。

……それだけのことを言うのに、どんなに覚悟が必要なんだか。

「文実で気を遣ったのは、鬱陶しかったんじゃないの？」

「結果がどうあれとりあえず、ってことだよ。……思えば僕は今まであまりにも、この言葉を言い損ねていたんじゃないかって、……そう思ったんだ」

裏を返せば。

一ヶ月以上、タイミングを逃し続けるほどの言葉を、それでも口にしてくれた。

覚悟を決めて、言いに来てくれた。

それだけで――うん。喜ぶに値することじゃないだろうか。

「こっちこそ、ありがと。文実では、私もいっぱい助けられたし……風邪だって、私も一学期にひいたしね。おあいこでしょ？」

「ああ……だから……ここから先は、言い損ねたことじゃない」

そのとき。……私だから気付いた。

たくさんの水斗の横顔を知っている、私だから気付いた。

ほんの少し、唇を強張《こわば》らせて――あの水斗が、緊張していることに。

「一つだけ……我《わ》が儘《まま》を言ってもいいか？」

少しだけ、小指の先が重なった。

「うん。……何？」

「この後……」

そこで水斗は、喉がつっかえたように唾を飲んで、渇いた唇を舐《な》めた。

それから少し俯《うつむ》いて、……絞り出すように言う。

「……この後、二次会に行かずに――僕と、一緒に帰ってくれ」

私は思わず、唇を綻ばせた。

どうしてなのか、正確にはわからない。

けれど、これは、すごく喜ぶべきことだと思った。

本当はおっきく歓声を上げたいくらい、大変なことなんだと思った。

でも、そう、……今の私は、分別の付いた大人だから。

唇の綻びを、余裕ぶった笑みに塗り替える。

「仕方ないわね。今回だけよ？」

すると、水斗は小さく息をついた。

硬かった唇を、安心したように緩ませて。

そして、初めて私の顔を見返して、再び、口にするのだ。

「……ありがとう」

今日は、学校の文化祭だけの日じゃない。

もっと他の、名前を付けることも難しい、すごくすごく特別な、記念日なんじゃないかと思った。

◆　伊理戸水斗　◆

通り過ぎる車のライトに、二人分の影が伸びる。

歩き慣れた通学路は、夜になるだけで別物だった。……あるいは、別の原因だろうか。まったくありきたりな現象だ。見るものすべてが新しく見える、なんて。

「大変だったけど、楽しかったわね」

満腹になった後につく息のように、結女はぽつりと呟《つぶや》いた。

「みんなで協力して、作業して……なんだかんだで入らなかったけど、部活ってあんな感じなのかしら？」

「さあな。僕はただただ疲れただけだ」

「お疲れ様。今日から思う存分、お一人様を楽しんでね？」

くすくすと笑ってからかう結女の顔を、僕は横から見る。

こめかみから垂れた髪が、頬《ほお》に影を作っていた。一日中働いた後だっていうのに、顔色に疲れは窺《うかが》えない。

その横顔を、僕はいつしか、遠くから覗《のぞ》き見るものだと思っていた。

ありもしない壁を、その横顔との間に作っていた。

だけど。

今は——手を伸ばせば届くと、もう知っている。

「——んえっ？」

結女は急なことに驚いて、自分の左手を見下ろした。

僕の右手に摑《つか》まれた、左手を。

「えっ？　えっ？　……な、何？」

「……もう暗いからな。迷子になるかと思って」

「人混みのときのやつでしょ、それは！」

そう言いながらも、結女は手を振りほどこうとはしない。

たったそれだけだ。

ほんの些細《ささい》な、それだけのことで、……僕は声を上げたいくらい、安心している。

うんざりするよな、僕という人間には。まさか、こんなに弱っちい奴《やつ》だったなんて。

けれど——もう恐れはしない。

そんな自分と戦う覚悟が、固まったのだ。

「……ねえ」

「ん？」

手を繋《つな》いだまま、しばらく歩いて。結女が、窺うような視線を寄越《よこ》しながら言った。

「一つ、相談してもいい？」

「……なんだ？」

「あのね……紅先輩に、頼み事をされたの」

「頼み事？」

「うん」

何でもなさそうな声色に、けれど決意のようなものを感じて、僕は結女の言葉に耳を傾けた。

結女は見慣れた夜空を見上げながら、僕たちが『違う』ことを証明する、決定的な事実を告げる。

「――生徒会に入ってくれないか、って」

……ああ。

意外なほどに、僕は納得していた。

現行の生徒会は、この文化祭で終わる。副会長である紅先輩が文化祭の実行委員長だったのは、次期会長としての研修みたいなものだったと聞く。

であれば、……文実の中から、新たな生徒会役員となる者を品定めしていたとしても、不思議はない。

その眼鏡に、結女が適《かな》うことも、だ。

「……どう思う？」

こちらに向いた結女の瞳には、もう答えが書いてあった。

だったら、僕はただ、後押しするだけだ。

「やってみたいんだろ？」

結女は少し間を空けた。

「……うん」

「なら、やればいい。迷う必要なんてない」

「うん……」

結女は視線をそっと前に戻す。

「ちなみに……そっちも誘われてたりは？」

「しないよ。僕には向かない」

何せ、すでにあの紅先輩がいる。……あの人は、上手《うま》く隠しているだけで、絶対僕やいさなと同じタイプだ。きっと自分の後継は、自分とは違うタイプにしたいと思っているんだろうな。

「そっか……」

溜《た》め息《いき》をつくような声で、僕は少しだけ嬉《うれ》しくなった。

彼女も、僕と似たような悩みを抱えてくれていたのかもしれないと、……勘違いではあるかもしれないけど、そういう風に思えたんだ。

だから、僕は彼女の手を握り締めたまま言う。

「僕がいないと不安か？」

笑って、からかいながら。

あの祭りの日から、彼女がするようになったように。

結女はこっちをちらりと見て、拗《す》ねるように唇を尖《とが》らせる。

「……子供扱いしないでよ。確かに文実では初めてのことばかりで勝手がわからなかったけど、もう大丈夫だから」

「ふうん。そうだといいけどな」

「大丈夫だからっ！」

そう、大丈夫だ。

だって、手を伸ばせば届くと知っている。

握れば握り返してくれると知っている。

たとえ僕たちが、考え方も、生き方も、捉え方も、何もかも違う人間で、全然違う方向に人生を歩んだとしても。

僕は、握ったこの手を放さない。

放したくない。

あとがき

『違う』ことへの理解――つまり多様性への理解というのは、年々広まってきているものと信じたいところですけれど、しかしながら人見知りについてはいつまで経《た》っても個性の一つと認められる兆しはなく、ただただコミュニケーション能力の欠如として扱われることが多い気がします。

まあ欠如しているのは事実ですし、社会というやつは社会という時点で、コミュ力がないと実務的に困ることが多いという欠点を備えているので、致し方ないのかもしれません――作家なんていうこの世で最もコミュ力がいらなそうな職業ですら、メールの最初に『お世話になっております』と書くくらいの能力は必要とされるんですからね。

なので、人見知りだろうがなんだろうがある程度のコミュ力を身に付けておくほうが、便利に生きられるというのは確かな話です――けれどそれはスキルの問題でしかなく、技能的成長でしかなく、上達であり習熟でしかありません。いわば『難しい漢字が書ける』や『コンピュータが使える』と同じカテゴリーの話で、それのみをもってして人間的な成長と見なすことはできないでしょう。

では『成長』とはなんなのか？

フィクションでの成長といえば、戦闘力が上がったり友達ができたりすることですが、これはエンターテインメントとしてデフォルメされたものです。それによって充足感を得る人ももちろんいますし、本作で言えば結女《ゆめ》が該当しますが、対する水斗《みずと》はそうではない――この巻における最大の問題はまさにそこにありました。

理想――と、作中では表現していますが、これはつまり、『成長』の先にあるモノ――いずれ辿《たど》り着くべき自分自身のイメージ――それが相手と食い違っているとき、最初は問題ないように見えてもどこかで必ず軋轢《あつれき》が生まれる。だってそれは、何が善で何が悪なのか、倫理さえもがズレているということなのですから。

この巻での私の仕事は、水斗にその食い違いを乗り越えさせるための、勇気と強欲さを備えてもらうことにありました。ガチガチに固まった彼の自意識を、安易に破壊し、変化させるのではなく、彼に彼自身を認めさせることが必要でした。

別に強くなるわけでも友達が増えるわけでもありません。ただ、己の在り方を受け入れるということ――今までの自分を否定するのではなく、肯定するということ――なんとなくわかってくれると思いますが、『誰かを自分のものにしたい』という感情は、そもそも自分自身をそこそこ上等だと思っていなければ、表に出しがたいものなのですからね。

そういうわけで、今回もとっても苦戦しました。でもまあ、これでようやく難所を越えて、次巻からはまったりと両片想《りょうかたおも》い編に突入したいと思います。今までは両片想いじゃなかったのかって？　一巻時点の二人はマジでお互いに嫌いでしたよ。知らなかったの？

イラスト担当のたかやKi先生、コミカライズ担当の草壁《くさかべ》レイ先生、角川スニーカー文庫の担当様、並びにこの本に携わってくれたすべての方に感謝を。最近、〆切《しめきり》ギリギリの作業になりがちなのは本気で直したいところ。

そんなわけで、紙城《かみしろ》境介《きょうすけ》より『継母《ままはは》の連《つ》れ子《ご》が元《もと》カノだった6　あのとき言えなかった六つのこと』でした。生徒会の残りメンバーまだ決めてません！

継母《ままはは》の連《つ》れ子《ご》が元《もと》カノだった6

あのとき言《い》えなかった六《むつ》つのこと

著　紙城境介《かみしろきようすけ》

角川スニーカー文庫　22496

2021年2月1日　初版発行
2022年6月10日　3版発行

発行者　青柳昌行

発　行　株式会社KADOKAWA
〒102-8177 東京都千代田区富士見2-13-3
電話　0570-002-301（ナビダイヤル）

印刷所　株式会社KADOKAWA
製本所　株式会社KADOKAWA

◆◇◇

●お問い合わせ
https://www.kadokawa.co.jp/（「お問い合わせ」へお進みください）
※内容によっては、お答えできない場合があります。
※サポートは日本国内のみとさせていただきます。
※Japanese text only

Printed in Japan　ISBN 978-4-04-111043-0　C0193

★ご意見、ご感想をお送りください★

〒102-8177 東京都千代田区富士見 2-13-3
株式会社KADOKAWA　角川スニーカー文庫編集部気付
「紙城境介」先生
「たかやKi」先生

[スニーカー文庫公式サイト] ザ・スニーカーWEB　https://sneakerbunko.jp/

角川文庫発刊に際して

角 川 源 義

第二次世界大戦の敗北は、軍事力の敗北であった以上に、私たちの若い文化力の敗退であった。私たちの文化が戦争に対して如何に無力であり、単なるあだ花に過ぎなかったかを、私たちは身を以て体験し痛感した。西洋近代文化の摂取にとって、明治以後八十年の歳月は決して短かすぎたとは言えない。にもかかわらず、近代文化の伝統を確立し、自由な批判と柔軟な良識に富む文化層として自らを形成することに私たちは失敗して来た。そしてこれは、各層への文化の普及滲透を任務とする出版人の責任でもあった。

一九四五年以来、私たちは再び振出しに戻り、第一歩から踏み出すことを余儀なくされた。これは大きな不幸ではあるが、反面、これまでの混沌・未熟・歪曲の中にあった我が国の文化に秩序と確たる基礎を齎らすためには絶好の機会でもある。角川書店は、このような祖国の文化的危機にあたり、微力をも顧みず再建の礎石たるべき抱負と決意とをもって出発したが、ここに創立以来の念願を果すべく角川文庫を発刊する。これまで刊行されたあらゆる全集叢書文庫類の長所と短所とを検討し、古今東西の不朽の典籍を、良心的編集のもとに、廉価に、そして書架にふさわしい美本として、多くのひとびとに提供しようとする。しかし私たちは徒らに百科全書的な知識のジレッタントを作ることを目的とせず、あくまで祖国の文化に秩序と再建への道を示し、この文庫を角川書店の栄ある事業として、今後永久に継続発展せしめ、学芸と教養との殿堂として大成せんことを期したい。多くの読書子の愛情ある忠言と支持とによって、この希望と抱負とを完遂せしめられんことを願う。

一九四九年五月三日

元最強スパイが、家政夫に!?
アットホーム×スパイエンターテイメント!!
元スパイ、家政夫《かせいふ》に転職する
The Former Spy Changes Jobs to a Housekeeper
秋原タク　イラスト／ハリオ
第5回「」カクヨムWeb小説コンテスト大賞 ラブコメ部門
秘密組織《フルピース》に所属する敏腕スパイ・野宮クロウ。彼の新たな任務は……とあるご家庭の『家政夫』!?　スパイのスキルを駆使し、家事にご近所トラブル、お年頃な少女たちの「お悩み相談」も解決していく!
スニーカー文庫

8月1日発売!
“偽物カップル”
から始まる、
ウザかわ青春
ラブコメ!
とってもカワイイ私と付き合ってよ!
三上こた　イラスト／さいね
「私のリア充生活のために、付き合ってください!」
陰キャ男子の大和は、クラスいちのリア充女子の結朱から突然の告白を受け、恋愛トラブル解決のために偽物カップルになることに。割り切った関係のはずだったのに、放課後の2人っきりの時間は徐々に居心地がよくなっていき――。
第25回スニーカー大賞特別賞受賞!
スニーカー文庫

第27回
スニーカー大賞
原稿募集中!
大賞 300万円
＋コミカライズ確約
金賞 100万円
銀賞 50万円
特別賞 10万円
きみの紡ぐ物語で、
世界を変えよう。
[選考委員]
春日部タケル
「俺の脳内選択肢が、
学園ラブコメを全力で邪魔している」
長谷敏司
「円環少女」「BEATLESS」
角川スニーカー文庫編集長
[前期締切]
2020年12月末日
[後期締切]
2021年6月末日
詳細はザ・スニWEBへ https://sneakerbunko.jp/award/
イラスト／左